Miracle

桜井亜美

Miracle

Prologue　鼓動

澄んだ水の底で、銀色の球体が輝いている。風と漣《さざなみ》が水面を静かに渡っていき、冷たい霧が山から降りてくる夜、その球体は確かな呼吸にも似た収縮を始める。

輪郭は波にぼやけ、眩《まぶ》しい光がやがて水色をエターナル・ブルーに染めて、空に流れる羽根雲と区別がつかなくなる。

ドクッドクッドクッ……。

球体の内部から、時限爆弾のような振動音が響きはじめ、やがて光の輪は水を貫いて夜空一面に放射されていく。

ドクッドクッドクッドクッ……。

水鳥が波間から羽ばたいたその瞬間、球体はゆっくりと二つに裂け、空の亀裂に向かって吸いこまれていく。

無数の生命の中から選ばれし二つの可能性が、今、人となるための長い旅を始めたのだ。

I　冬蛍　*Chiharu Kiribayashi*

神の国から届く清冽《せいれつ》なグレーの光が闇を優しく切り裂き、脱ぎ捨てられた白衣に降り注いでいる。まだ人の形と体温を保っている純白の布は、神秘的な空気の色合いを映して、地上に落ちてきた堕天使の羽根のよう。

夜勤明け、全身が地面にのめりこんでいきそうに疲れきっている。更衣室の窓から見上げる空には、刷毛《はけ》で羽根を描いたような雲の奥に、目覚めきっていない白く煙った太陽が見えた。たまらなく煙草が吸いたい。誰もいないし、一本だけ吸ってしまおうか。でも椅子に座り込んだら、二度と立ち上がれずそのまま眠ってしまいそうなので、下着姿のまま壁にもたれて煙草に火をつける。

帰ったらそのままベッドに倒れ込もう。今日は生理痛がひどくて立っているのがやっとなのに、三六七号室の若い患者が同室の中年患者とラジオの音を巡ってトラブルを起こし、その仲介に最後のエネルギーを吸い取られてしまった。

煙草をくわえながら黒のカシュクールに腕を通していると、後ろから「霧林《きりばやし》さん」と呼ぶ声がする。振り向くと、宝生聖良《ほうしょうせいら》が微笑《ほほえ》みながら立っていた。早番で出勤してきたばかりなのか、明るいフォーン色のほっそりしたワンピース姿が眩しいほどよく似合う。

先週、ナースステーションで赴任の挨拶《あいさつ》をした新顔で、昨日、現場で働きはじめたばかりだ。確か、京都の陵西《りょうせい》医大病院から移ってきたと言ってたっけ。病院には場違いな際立った美貌《びぼう》とスタイルが、仲間のナースたちの話題になっていたけど、同僚の噂話に無関心なあたしはその輪に加わらなかった。

「今、夜勤明け？　お疲れさま」

彼女は軽やかな美しい声で、あたしに声をかける。抜けるように白い滑らかな肌にうっすらと淡いピンク系のメイクを施した彼女は、きついナース勤務の疲れとは無縁な、儚《はかな》げでピュアな美しさに輝いていた。どんよりと疲れた顔で煙草を吸っている自分がどうしようもなく惨《みじ》めで醜く思え、慌てて背筋を伸ばして、乱れた額の髪をかき上げる。

セイラがこの病院に赴任してから、姿を見かける度《たび》に、そんな気持ちを味わうようになった。雑誌のグラビアや映画のスクリーンで出会えば、ただ「なんてきれいな人なんだろう」と憧れの眼《め》で眺めるだけで済むはずだ。でも、同僚としてセイラの圧倒的な美貌に接していると、彼女の並外れた魅力は無言の圧力となって嫉妬《しっと》心をかきたてる。そしてそんな風に感じる自分がますます、醜い人間に思えてくるのだ。

おまけにあたしは同じ病棟で働く医師のナガセともう四年間、不毛な不倫関係から抜け切れずにいる。最初は現場医療への熱い志と、どこか子供っぽい不器用さに強くひかれた。でも、彼はどうしても妻子を捨てられず、膠着《こうちゃく》状態のまま、ありきたりの曖昧《あいまい》な形でセックスだけの関係をずるずると続けている。もう彼を好きなのかどうかも、よく分からなくなっていた。

所詮《しょせん》、あたしはキープにお似合いの無価値な女。そんなコンプレックスが、虚勢を張った心の奥に深く刻まれていた。

「ちょっと体調が悪くて、ナースステーションの引継ぎは麻井《あさい》さんに頼んだから、よろしくね」

煙草の煙を思い切り吐き出して、吸殻を携帯灰皿に押し込みながら言う。

「顔色が真っ青だけど貧血？」

セイラが心配そうにたずねる。あたしは首を横に振って、肩をすくめた。

「生理痛。毎月、一週間ぐらい前からすごく辛《つら》くなるの。精神状態が不安定になってめちゃめちゃ鬱《うつ》になるし、もうサイアク」

「それ、PMSでしょう？　Premenstrual Syndrome。プロザック持ってるから、一錠飲んでみない？　鬱が辛いとき使うんだけど」

あたしは意外に感じて、セイラの顔を見上げる。彼女がプロザックの常用者だなんて信じられない。鬱病でもないのに、こんなに美貌と魅力に恵まれた女が、クスリを飲まなければならないほど、どん底に落ち込むことがあるのだろうか？

「病院で処方してもらったの？」

プロザックは医師の処方か輸入代行業者を通じて買うのなら合法だが、個人売買は禁じられている。医療に携わる人間なら、皆それぐらいは知っているはずだ。

彼女は吸い込まれそうに大きな眼を見開いて首を横に振る。

「前に勤めていた病院で同僚から一瓶分けてもらった。あたしもPMSで、生理前は自殺したくなるほど鬱がひどかったけど、プロザックを飲みはじめてから普通に仕事ができるようになったの」

彼女はヴィトンのバッグの中をかき回して、「Fluoxetine」と書かれた瓶に入った白い錠剤を一粒取り出し、あたしの掌《てのひら》にのせる。

「もし、もっと必要ならまたあげる。もう時間だから着替えなくちゃ」

セイラはそう言って、奥の自分のロッカーの方へと早足で去っていく。あたしは彼女の華奢《きゃしゃ》な後ろ姿が見えなくなると、掌の錠剤をぼんやりと見つめる。なぜセイラのような女が自分に優しくしてくれるのか、幾ら考えても分からない。どこかで彼女は自分とは無縁の人という気がしていた。感動するほどの美貌を持ち、ヴィトンやマーク・ジェイコブスを通勤に着てくるような女。いや、そもそもなぜそんな高価な宝石細工の花のような人が、ナースなんていう大変だけど安い給料の仕事に就いているのだろう？　彼女ならどんな玉の輿《こし》結婚でも思うがままだろうに。

暫《しばら》くすると、再び気分をダークブルーに染める鬱が支配しはじめる。あたしは思い切って錠剤を口に放り込み、飲み込んだ。かすかな苦味が喉《のど》から舌先に広がっていき、思わず顔をしかめる。

その日、部屋にたどりつくとベッドに潜り込み、夢も見ず泥沼に吸い込まれるようにぐっすりと熟睡する。

夜七時すぎ、携帯のコール音で起こされた。

「具合はどう？　気になって電話してみたの」

細く優しいが、張りのある女性の声。最初は誰だか分からず、間の抜けた返事をしたが、やがて電話がセイラからだと分かって驚く。「何かあったら」と携帯の番号を交換したが、まさか本当にかかってくるとは思わなかった。

「心配してくれてありがとう。眠ったら少し楽になったみたい」

「霧林さんの自宅って明大前でしょう？　あたしは下北沢で帰る途中だから、ちょっと届けたいものがあるの。キル フェ ボンのタルトをT大病院時代の患者さんからいただいたんだけど、一人じゃ食べきれないから」

「ほんと？　ありがとう。あそこのタルト大好き」

彼女のさりげない思いやりが、素直にうれしかった。一人で本を読んでいるのが好きで非社交的なあたしは、噂話や化粧品の話が好きな同世代のナース仲間に溶け込むことができず、親しい友人を作るつもりもなかった。でもセイラのような、女から見ても憧れるような美貌を持った女の子に好意を示されれば、多少のジェラシーを感じながらもやっぱりうれしい。

一時間後、セイラがケーキの箱を抱えて訪れる。

あたしは八畳のワンルームに彼女を招き入れるのが、少し恥ずかしかった。東急ハンズで買ったスチールベッドと本棚とピンク色の冷蔵庫を無造作に置いた部屋は、殺風景で女らしさなんてかけらもない。装飾らしい装飾といえば、天井から吊り下げた五つのベトナム製籐籠《とうかご》に、エアプランツやハートアイビーを入れてあるぐらいだ。

セイラはインドネシア製のイラクサマットの上に座ると、あたしにケーキの箱を手渡し、「おみやげ」と言った。狭いキッチンでコーヒーを入れながら、セイラが座っているだけで、この部屋が見違えるほど明るく輝かしい場所に変わったことに驚く。

ヴィーナス像を思わせる彼女の美貌は、目鼻立ちがはっとするほど端整で、美しいというだけではない。長い睫《まつげ》に縁取られたくっきりした二重の眼は、透き通った明るい茶色で、夢見るような光を宿している。真っ直ぐな細く尖《とが》った鼻梁《びりょう》もふっくらとした形のいい唇《くちびる》も、白く滑らかな首筋のラインも、手足が細くて一見、華奢に見えるのに実はグラマラスな身体《からだ》も、彼女が特別に神の恩寵《おんちょう》を受けた存在だということを示していた。

つまりセイラは、どんな巧妙な整形手術も高価な化粧品も、決して生み出すことのできない優美な品格を備えているのだ。だから彼女がちょっと唇の端を持ち上げて微笑むと、それが周囲を照らし出す眩しい輝きとなる。痩《や》せて中性的な身体と、二十六歳になってもセクシーとはいえないきつい顔立ちのあたしは、セイラの匂《にお》い立つ崇高な色気に心の底から羨望《せんぼう》を抱く。

タルトを食べながら、あたしたちは他愛もないお互いの身辺話に興じ、少しずつ打ち解けていった。ようやく彼女を「宝生さん」ではなく「セイラ」と呼ぶのに慣れた頃、あたしは彼女がなぜ関東医大附属病院を選んだのかとたずねる。彼女は軽く肩をすくめて、さりげない調子で答えた。

「心臓外科のスタッフと施設が一番、充実してるって評判を聞いたから。京都の陵西医大病院で三年間、心臓外科に勤めてたし、キャリアを積んでエキスパートになりたいの」

「あたしはとにかくお金が欲しい。どんなに人の命を救うとかキレイ事を言ってても、こんな貧乏な生活じゃ夢も続かないし」

あたしは同僚の気安さで、思わず本音を漏らしていた。

「セイラみたいに、エルメスのワンピースを通勤着に着れるぐらいのお金があれば、やる気が出るんだけど」

ふいにセイラが笑いだしたので、困惑しながら無邪気な彼女の顔を見つめる。あたしはそんなに滑稽なことを言っただろうか？

「お金はね、河の水みたいにいつもこの世界の底を流れてるの。流れを変えれば、手に入れるのは簡単」

「どういうこと？」

一瞬、部屋に沈黙が流れ、それからセイラが明るい声で言う。

「そんな小難しいこと、今はどうでもいい。あたし、生理痛によく効くマッサージを知ってる。やってあげるから、ベッドにうつぶせになって」

あたしは何も考えず言われた通り、枕に額を押し付けて横たわる。セイラはあたしの脇に座り、両手の指に力をこめて頭の耳の後ろのツボから、首筋の後ろ、脊髄《せきずい》へと頸動脈《けいどうみゃく》のラインをマッサージしながら、少しずつポイントを下げていく。確かにツボを強い力で押されると、腹痛と頭痛が和らぐような気がした。

「気持ちいい。ごめんね。セイラにこんなことやってもらうなんて」

「やってあげるのが好きなの。気にしないで」

身体の筋肉がほぐれて力が少しずつ抜けていき、眠気が襲ってきて意識が少し朦朧《もうろう》としてくる。やがてセイラの鮮やかな指先の魔術で、あたしは無意識の谷底へ潜っていくような深い眠りに陥っていた。

どれぐらいの時間、寝入っていたのだろう。

夢の中であたしはなぜか病院のベッドに横たわり、若い男性患者にスカートの下に手を突っ込まれ下半身をまさぐられていた。頭の中ではまずいと分かっているのに、ヴァギナの襞《ひだ》をこすり上げる指先の微妙な動きがあまりに甘美だったので、身動きすらできない。

その細く長い二本の指は、まるであたしの一番感じる場所を最初から知っているかのように、正確な角度と強さで愛撫《あいぶ》しながら少しずつ奥へと這《は》っていく。やがて生温かな尖った舌の感触が、それに加わった。思わず腰が小刻みに痙攣《けいれん》し、あたしの口から小さな呻《うめ》き声が漏れる。

その声に自分で驚いて眼が醒《さ》める。セイラがスカートと下着を下ろし膝《ひざ》を立てて広げたあたしの腰の上にかがみこんでいる光景が見えて、これも夢なのかと疑った。急いで上半身を起こし「やめて、何してるの」と鋭く叫ぶ。セイラは顔を上げかすかに微笑んだが、指の動きを止めようとはしない。

「眠ってるあなたが可愛《かわい》いから、いたずらしたくなったの。気持ちいいでしょう？」

ふいに彼女が左手でクリトリスをつまみ上げながら、指の動きを強めたので、思わず声が漏れそうになって歯を食いしばる。再び腰から全身に、甘く蕩《とろ》けそうな快感が広がっていき、それに抵抗することができない。

「レズビアンなの？」

荒い呼吸の中で、途切れ途切れにたずねる。セイラは首を横に振って、あたしのはだけた胸にキスをしながら言う。

「違う。あたしも女同士は初めて。でも、あなたの寝顔を見ながら身体をマッサージしてたら、いつのまにか欲情して感じさせたくなってた。同性にこんなことされるの、嫌？」

あたしは大きな葛藤《かっとう》の中に放り出されていた。

セイラの愛撫を拒絶するのは、聖母の抱擁を撥《は》ね付けるのにも似て、殆《ほとん》ど不可能に近い。その美しさがエロティックな刺激を、敬虔《けいけん》な儀式に変えてしまうのだ。あたしには今、特定の恋人はいない。でももし、好きでたまらない相手に同じことをされたら、やはりそうなるように、心と魂がセイラをすでに受け入れてしまっている。

天上の種族に属する美は、どんな人間の心にも必ず愛を生む。天使や聖母のイメージが存在する限り、地上の人々は穢《けが》れない彼らのピュアな輝きに、癒しと救いを感じるから。

セイラはそんな自分の抗《あらが》いがたい魅力を知っているかのように、両手であたしの顔を挟みじっと眼を見つめながら額を近づけてくる。顔を背けられるはずなのに、金縛りにあったかのように動けない。やがて彼女はふっくらとした桜色の唇を、あたしの乾いた唇に重ねる。温かな舌が口の中に忍び込んできた時、かすかに甘い麝香《じゃこう》の香りが流れてきた。

「病院で最初にあなたを見た時から、ずっとこうしたかった。あたしはあなたが好き……なんだと思う」

耳元で囁《ささや》くか細い声が、吐息と一緒に鼓膜から心臓へと滑り落ちていく。なぜこんな眩しいほど美しい人が、あたしを好きになったりするんだろう。

「だから、あなたにたくさんの快楽をあげたいの。男とのセックスなんかよりずっと深くて甘い喜びを与えあいたい」

彼女はそう言いながら立ち上がって、ワンピースのジッパーを下ろし、下着を取り去る。素裸になったセイラの肉体はあまりに完璧すぎて、エロスよりも息を飲むほど優美な芸術品に抱く感動が湧き起こる。釣鐘形のつんと上を向いた豊かな乳房、見事に引き締まった細いウェスト、小さく引き締まっているが肉付きのいいヒップ。そして細く長いすらりとした足。陶磁器のように白い肌のきめ細かな滑らかさが、あたしの視線をひきつけて離さない。

「どうしてそんなにきれいなの？　自分の身体が恥ずかしくなる」

あたしは彼女のなだらかな腹部の窪《くぼ》みを指でなぞり、思わずキスをしていた。そうせずにはいられなかった。女神が自分のすべてをさらけだして両手を差し伸べていたら、誰でもその光の輪の中に足を踏み入れたくなる。

あたしはセイラの両手を握り、ベッドに横たえさせる。舌を唇から喉へ、そして胸へとゆっくりと這わせ、弾力に富んだそこをゆっくりと指で揉《も》みしだきながら乳首を吸う。さっき彼女があたしの身体につけた快感の刻印が、まだはっきりと残っている。同じだけの、いやもっと激しい快感を彼女に与えるのだ。女の身体を愛することへの抵抗は、すべて消え去っていた。もしかしたら、あたしの中には同性愛の素質が眠っていて、それをセイラに引き出されたのかもしれない。

それはナガセとの、どこかに悲しみと諦《あきら》めの薄い膜が二人を隔てているセックスでは、絶対に感じられない純粋な衝動だった。自分の中にこんなに激しいエロティックな支配欲が隠されていたことに、かすかな感動すら覚える。

乳首を舌で転がしながら吸うと、セイラがかすかに喘《あえ》ぎ声を漏らす。あたしの中の血が沸騰しはじめる。この天が創造した完璧な肉体を、狂うぐらいに悶《もだ》えさせたい。理性をかなぐり捨てて、一番淫《みだ》らな姿を曝《さら》け出した彼女をこの眼で見たい。

彼女の身体を舌で滑り下り、両足を開かせ膝を立てて、突起したクリトリスを指で濃いピンク色になるまで愛撫する。柔らかなヴァギナに舌を差し入れたとき、全身に震えがはしるほどの不思議な感動を覚える。起伏に富んだその中は温かな液体で充分に湿されていた。あたしがセイラの秘密の水脈を探りあて、豊かな清流を湧き出させたのだ。誇りが胸に込み上げてきて、彼女へのいとおしさが一層深くなる。指を狭い入り口から差し入れ、ぎゅっと締まった襞の間をこすり上げると、彼女の腰が浮き上がり、自然な律動を始める。

セイラは眼を閉じて唇を半ば開き、心臓を波打たせている。額にかすかなしわを寄せたその快感に蕩けた表情があまりに可愛くて、あたしの中の欲望もどんどん高まっていく。尾骶骨《びていこつ》と繋《つな》がったヴァギナの欲動のスイッチを指で強くこすり上げると、彼女は小さく「いや、いや」と囁きながら首を横に振る。思わず彼女を抱きしめてキスをしたとき、あたしは身も心もセイラの虜《とりこ》になっていた。

彼女の温かな白い身体があたしの胸の中に子猫のように丸まり、規則正しく密《ひそ》やかに波打っている。二時間近くお互いの快感の源泉を愛撫しあい、疲れきって眠ってしまったのだろう。あたしの中にもまだ、オーガズムの後の心地よい余韻と気《け》だるさが、リアルに残っていた。目覚まし時計は、夜の十一時二十分を示している。二人共このまま、朝まで眠ってしまうかもしれない。それでもいいと思った。煙草に火をつけようと、キャビネットの上のライターに手を伸ばすと、セイラが薄目を開けて「すごく幸せ。あなたは?」とたずねる。

あたしは彼女の瞼《まぶた》にキスをして、「身体が全部溶けちゃった」と微笑む。

「今まで男とセックスしても、いつも心のどこかがしらけてた。身体はちゃんと反応するしイケるんだけど、相手の打算とか欲望の構造みたいなものが透けて見えちゃうとダメなの。魂まで投げ出しちゃうほど没頭したのは初めて」

「あたしは男の人とのセックスは嫌い。男の人はみんなあたしを大切に優しく扱ってくれるけど、キスが限界。誰も心の中なんか見ようとしないし、そんな相手に自分を安売りする気にはなれないから。でもチハルは違う。心と心が溶けあっていくのがすごくよく分かるの。それにあなたの身体、感じやすくていいとおしくなる。あたしの指や舌のちょっとした動きに、すごく敏感に反応してくれるから大好き」

「ありがとう。これまで誰に言われたほめ言葉よりうれしい」

セイラのこの眩しい肉体を抱いた男は、今までに何人ぐらいいるのだろう。あたしは生まれて初めて、胸を焦がす嫉妬の感情に駆られて考える。セイラの身体の上に、凡庸でつまらない男の身体が覆いかぶさっている光景なんて、想像したくもない。彼女に相応《ふさわ》しい男なんて簡単に見つかるわけがなかった。

女とするのは初めてだと言っていたけど、それにしては余りにもすべての技巧が洗練され巧みすぎる。過去にも同性の恋人がいたら、と考えると、ジェラシーはますますどす黒くあたしの胸を締め付けた。

「ほんとに、女同士ってこれが初めて？」

セイラは眼を大きく見開いて頷《うなず》く。その邪気のかけらもない表情が、あたしの疑いをいとも簡単に溶かしさってしまう。お互いの身体を触りあって戯れているうちに、再び欲情してしまった。だが、時計が十二時を指すと、彼女は「明日、早番だからもう帰らなくちゃ」と起き上がる。あたしは彼女をひきとめ、「泊まっていって」と頼んだ。もう一時間でも離れていられない気持ちだったのだ。

「今日はだめ。着替えも持ってないし、猫を飼ってるから餌をやらなくちゃ。丸一日、何も食べさせてないから、飢え死にしちゃう。シャワーを貸して」

彼女はバスルームで汗を流し、素早く服を着て髪を梳《と》かし身支度を調える。あたしは裸のままベッドの上で煙草を吸いながら、華奢で優雅な影が部屋を動き回る光景に魅入っていた。欲望を共有しあった後の彼女は、これまでより更に美しく輝いて見える。

「また近いうちに来る。待ってて」

セイラはあたしを軽く抱きしめてキスをしながら言い残し、片手を振って部屋を出て行った。彼女の消えた部屋は胸が締め付けられるほど淋《さび》しくて、冷え冷えと感じられた。あたしは思わず窓からその後ろ姿を追う。淡いオレンジの常夜灯に浮かび上がるセイラの白いワンピース姿は、真夜中の向こう側の国に戻っていく精霊のように見えた。

II　虹夢　*Ibuki Domoto*

ぼくが宝生聖良と初めて出会ったのは、世界が薄紫に煙る霧雨に包まれた朝だ。眩しいほど鮮やかな緑の銀杏《いちょう》並木。坂の上に立つ赤いスレート屋根の三角形の家や軒先の黄色い三輪車。そしてむせかえるような夏の香りを放つパープルマグノリアの花びら……。

空の色を映す雫《しずく》に浄化されていく中庭を、傘もささずに歩いてくる彼女を一目見た瞬間、完全に心を奪われてしまった。長い黒髪を無造作にバレッタでとめた、天使のように美しい小さな顔。ひときわ目立つグレーがかった澄んだ眼から放たれる、人の心を吸引する魔法の力。ほっそりと尖った鼻梁と濡れた真紅の唇には、まだ少女の儚い無垢《むく》さが残っている。

胸元に金文字でＨＭのロゴが見える、純白のノースリーブワンピースの胸や腰の曲線はグラマラスな黄金のカーブを描いてしなやかな細い足に続く。

　ぼくは弁護士事務所に勤めてたった二年で、心臓の弁膜が狭くなるという厄介な持病が悪化し長期の入院を強いられていた。いつ職場に復帰できるかも分からない。失望と焦りで鬱屈した日々で、こんな風に何もかも忘れて心を奪われる一瞬は久しぶりだ。いや、異性へのときめきなんて、司法試験を始める前の学生時代に遡《さかのぼ》っても思い出せない。どんな魅力的な人を見ても心が動かない自分にうんざりし、仕事にすべての情熱を捧げるつもりだったのに。

　検診の時間に顔見知りのナース長が、白いユニフォームを着た彼女を病室に連れてきたとき、ぼくは再び驚かされた。

「先週から心臓呼吸器科病棟に配属されたナースの宝生聖良さん。今日から妊娠休職した片岡《かたおか》さんに代わって、堂本《どうもと》さんの担当になるからよろしく」

「宝生です。よろしくお願いします」

　風で鳴り響くエオリアンハープのように澄んだ声。こんなに悪魔的なほど美しい人が病院で働くなんて、場違いとしか思えなかった。ナースの給料で数十万円というエルメスの服を一体、どうやって買うのだろう。もしかしたら誰かの愛人？　今、何歳なんだろう？

山ほどの質問が頭に渦巻いていたが、ぼくはぎごちなく挨拶を返して検温を受けただけだ。長期入院患者の中にはナースに恋をしたり、欲望を抱く男もいる。でもぼくは彼女たちの職業意識と異性としての関心を取り違えるようなバカな真似はしたことがない。少なくともこれまでは。

「堂本さんは心臓弁膜症でそろそろ入院二カ月目、かな。熱血漢の弁護士さんで、ちょっと眼を離すとすぐパソコンで仕事に熱中してしまうから、無理をさせないように気をつけて」

弁護士という言葉に、セイラの眼はかすかな好奇心の輝きを帯びた。

「でも病棟はパソコンの持ち込みは禁止されているんですよね？」

「もちろん。弟さんが面会に来るたびにパソコンを隠し持って来ていて、娯楽室でこっそりやっているみたい。それに隠れ煙草の常習者でもあるし。ちゃんと療養して心肥大が収まらないと、いつになっても職場復帰できないでしょう」

ナース長が隣の病室へ移っていった後、セイラは一瞬だけぼくの横に残り、不思議な色をした水晶のような眼を見開いて言う。

「堂本さんって、どこかでお会いしたような気がするんですけど、どうしても思い出せなくて。夢の中かな……」

少しはにかんだ微笑を浮かべそれだけ言い残して、彼女は足早に部屋を出て行く。静けさの戻った病室にかすかな風が舞っている。セイラの美しさがぼくに軽いショックを与え、しばらくの間、現実離れした感覚から抜け出せずにいた。なぜ彼女はあんなことを言ったんだろう？


（夢の中かな……）

そう感じたのはぼくの方だ。幼い頃から繰り返し夢に現れた理想の女。世界のどこかできっと会えると心の奥底で信じてはいても、大人になるにつれてその確信が揺らぎはじめていた someone に余りにもよく似ている。その相手にこんなに自分が腐りきっている場所で巡り合うなんて、運命は皮肉だ。


翌朝八時、セイラが検温にくる時間だ。

ぼくは軽い緊張感を覚えベッドの中で身体をこわばらせる。よけいな邪心は抱かず、ただ手のかからない普通の患者として振舞わなければ、と自分に言い聞かせていた。

「おはようございます」

　セイラが柔らかな声とともに病室に入ってくる。電子体温計をぼくに渡し、胸の痛みの有無を確かめた後、少し声を潜めてこう付け加える。

「昨日は突然、変なことを言ってごめんなさい。驚いたでしょう？」

「いや、ぼくもちょうど同じような気分だったから」

「じゃあやっぱり、どこかで会ってるのかな」

　たったそれだけの会話が、一日中、ぼくの頭の中を回り続けていた。

　その日の夕方、読書室へ行き雑誌の訴訟ネタを拾い読みしていると、顔見知りの患者がガウン姿で入ってくる。心筋梗塞《しんきんこうそく》を患っている写真雑誌のカメラマンで、この病棟の中では一番年齢が近いので、時々、顔をあわせると世間話をしていた。彼はぼくの顔を見るなり、意味ありげに薄笑いを浮かべてセイラの名前を出した。

「どう思う？　普通じゃないよな」

「確かに美人だと思うけど」

　彼は廊下の方をちらりと窺《うかが》いながら、ぼくの隣に座る。

「違うよ。あれだけの女が普通にナース学校を卒業して、平凡な病院勤務をしてきたと思うか？」

ぼくは一瞬、ひどく不快な気分になる。まだセイラのことなど何ひとつ分かっていないのに、こんな風に勝手に決めつけるツダの無責任さに対して。

「別にナースっていう仕事が平凡だとは思わないけど」

ぼくは雑誌に視線を戻し、さりげない無関心さを装う。だが、彼は無神経な笑いを浮かべて、肩をすくめてみせた。

「君は女が分かってない。あれだけの美貌に恵まれるってことは、すべてのパーティーへの無料パスを持ってるみたいなものさ。パスがあれば当然、パーティーに出たくなる」

「女が全部、同じってわけじゃない」

ぼくは彼の言葉を聞き流し、ぼんやりと先刻のセイラの言葉を思い返していた。

ムンクの「叫び」にも似た悪霊の石像彫刻が、噴水の周りの植え込みに点々と顔を覗《のぞ》かせている。精神病棟の入院患者たちが、治療のためのワークショップで作ったものだ。テーマは「解放」。中には洗練された曲線の美しい悪霊もあったが、大抵は胸が悪くなるほど閉塞感と絶望に満ちた表情をしている。

ぼくは中庭の噴水の円形の縁石をサンダルの爪先立《つまさき》ちでゆっくりと歩いていた。少しでもバランスを崩したら鯉の泳ぐ池にまっ逆さまだ。時間帯によって高い山形からゆるやかな三つのループ形に変化する噴水の飛沫《しぶき》が風に運ばれ、ぼくの髪や頬を濡らす。降り注ぐ七月の陽射《ひざ》しと細胞に染み渡る風、そしてむせるような緑の匂い。長い間、病院に入院していると、そういうものがすべて、生命の息吹を蘇《よみがえ》らせる貴重な福音に思えてくる。

「兄さんにきた訴訟の依頼はすべて松浦《まつうら》弁護士に回して、臨機応変に対応してもらってる。今のところ何も問題ないから、ゆっくり静養しろと伝えてくれって」

ベンチに座った弟のカイジはファイルの数字をぼくに見せながら、いつものクールな調子で言った。二歳年下の彼とは血は繋がっていない。ぼくが幼い頃、母が病死してから父が再婚した義母の連れ子だ。

誰もが外見を一瞥《いちべつ》しただけで、二人が本当の兄弟ではないと分かる。

百八十一センチのぼくは、どちらかというと細身でひょろりとしており、肌は青白く、弟が「夢想家」と呼ぶ眼をしている。一方、弟は浅黒く引き締まった肌と、しなやかな筋肉を持った、ミケランジェロの絵から抜け出してきたようなエキゾチックな美形だ。睫の長い黒々とした大きな眼は、男のぼくが見ても美しいと思う。性格も、理論家肌で内向的なぼくと、どこか深い陰を持ちながら、人を強くひきつける爽《さわ》やかな笑顔と話術で魅了するカイジは対照的だった。

彼も私大の法学部を出ているが、司法試験はとっくの昔に諦め、今はフリーターをしながら行政書士になる勉強を続けている。だが、それは大手の弁護士事務所を経営している父への表向きの顔で、本当はまともな職につくことにはまったく興味がないと分かっていた。彼に貢ぎたがる年上の金持ち女たちを適当に利用していれば、好きな現代美術をやりながら、遊んでいても生活に困ることはない。時々気まぐれに、ぼくの個人的なアシスタントを買ってでるが、それすら、両親へのエクスキューズにすぎなかった。

「で？　退院のめどはたったの？」

「医者は今度の検査次第だと言ってる。二カ月も休業したら、間違いなくクライアントから忘れ去られるな」

「大丈夫。兄さんは父さんの期待の星だから」

カイジはお世辞とも皮肉ともとれる微妙な微笑を浮かべて、肩をすくめる。

「目標に挫折してあっさりフリーターになった俺とは違うさ」

彼は子供の頃から、時折、ぼくに対して卑屈な感情を投げつける。母の連れ子として新しい家に馴染《なじ》めなかったせいなのか、勉強では苦労しなくてもトップクラスだったぼくへの嫉妬のせいなのかは分からない。ぼくは彼を弟として可愛がってきたつもりだが、どこかで決して越えられない溝を感じていた。どんなに歩み寄ろうとしても、カイジはいつもぼくに本心を見せてはくれず、当たりさわりのない愛想の良さでごまかす。そのたびに、かすかな苛立《いらだ》ちと腹立ちを感じていた。

空気を変えるために、いつもは滅多にしない異性の話を振ってみた。

「決まった彼女はできたのか？　相変わらず女たちに迫られてるんだろう？　カイジみたいにどこへ行っても色目を使われたら、逆にストレスがたまりそうだ」

「一言声をかければ尻尾《しっぽ》を振ってやらせるゲス女なんかには、まったく興味ない。女の趣味だけは、兄さんと似てると思うね」

「どうして、そう思う？」

カイジは唇の片端を持ち上げ、病棟の方に顎《あご》をしゃくってみせる。

「さっき投薬に来た宝生っていう新しい担当ナースに、気があるんだろ？　なかなかいい趣味してるよ」

　ぼくは図星を指された気恥ずかしさに、思わず彼から視線をそらせる。

「まさか。ぼくは白衣の天使の夢を見るほど、おめでたい男じゃない」

　いつも弟はぼくが心の奥底で密かに思っていることを、鋭い眼力で言い当ててみせる。彼にとって、ぼくは与《くみ》しやすい優等生に見えるのだろうか？

　カイジが郵便物と差し入れの西瓜を渡して帰った後、ぼくは噴水の縁に腰をかけ、封を切って一週間分の業界紙を読みはじめる。その中に気になる記事があった。京都の陵西医大病院の心臓外科で、医師が出した入院患者の死因に疑問を抱いた遺族が、治療ミスだと病院側を訴訟している事件だ。地裁では有罪、高裁では無罪判決が出て、数カ月後に最高裁の裁判が始まる。高裁の判決文にはこう書かれていた。

「治療過程や投薬などで、今のところ何らミスは発見されていない。また争点となっている薬品の副作用についての医療過誤も、立証の決め手がなく……」

　ぼくが関心を抱いたのは担当弁護士の坂口章人《あきひと》が友人で、訴訟を起こされた病院がセイラのここへ移る前にいた職場だという二つの偶然からだ。

　翌朝、セイラが検温に来たとき、ぼくは情報収集のためさりげなくたずねてみる。

「君のいた京都の陵西医大病院で訴訟騒ぎがあったらしいね。友人が担当しているんだけど、詳しい経緯を知ってる？」

俯《うつむ》いて体温計を見ていた彼女は、明るい声で「平熱ですね」と告げながら、真っ直ぐに曇りない眼でぼくを見つめた。

「心臓外科で医療ミスに関する訴訟事件があったことは知ってます。でも私が辞《や》める時期と重なっていたので、詳しいことは……。訴えられた先生は心臓外科では一番優秀で人望の厚いドクターだったし、ミスなんてとても信じられないんですけど。医療関係の訴訟を担当なさることもあるんですか？」

「いや、でも関心はある。実の母親も医者の判断ミスで死んだようなものだから。昔はインフォームド・コンセントの概念も普及してなかったから、泣き寝入りだったけどね。退院したら、本格的に医療訴訟関係の勉強をしようと思ってるよ」

彼女の虹彩が朝陽を吸い込み、本物の虹のように輝いているのに心を奪われ、自分の喋《しゃべ》っていることが空疎でどうでもいいことのように思えてくる。

「じゃあそのためにも早く、病気を治して復帰してくださいね」

セイラはそういって柔らかく微笑み、病室を出て行く。

ぼくはぼんやりと窓の外で風に揺れる、プラタナスの優しい若草色に染まった梢を眺める。彼女には正義感に燃える弁護士の顔をしてみせたが、心の奥にはまったく別の熱が渦巻いている。これまで生きてきた二十七年間、それなりに何度か女と恋愛ごっこを繰り返してきた。でも、学生時代の一番の目的は、なんといっても司法試験に合格することだったし、弁護士になってからはキャリアを積むことに全精力を傾けてきた。結果として、恋愛はいつも、相手を振り向かせ落とすことで気持ちがさめてしまう、ゲーム的なものにならざるをえなかった。

宝生聖良。彼女に出会って、これまでの記憶に残っていた恋愛が、急速に色あせていくのを感じる。ユングによると男は誰でも心の中に無意識が作り上げた理想の女性像……アニマを持ち、それに重なる女に恋をするのだという。これまではそんな運命論者的な精神分析の理論なんて信じなかった。でも、今はセイラに深層心理の鏡が映し出した理想の恋人……運命の女を重ねている。

清楚で愛くるしい美貌だけではない。その声、伸びやかな微笑、控えめなのに印象的な話し方や仕草、仕事にかける真剣さ……すべてが少年時代から、頭の中で思い描いていた人生を共に歩く女性のイメージにぴったり重なっているのだ。

ぼくはセイラに集中する思考をシフトチェンジしようと、カイジに差し入れてもらった最新の判例集を捲《めく》りながら、医療訴訟のページを探す。京都の陵西医大病院の訴訟について幾つかの専門家のコメントに眼を通してみた。途中で小さな活字がまったく頭に入ってこないことに気づいて当惑する。こんなに集中力を欠くなんて、一体どうしたっていうんだろう。学生時代から「リーガルマシン」といわれるほど、どんなときもクリアに働く論理的な頭脳には自信があったのに。

何を見ていても、心の鏡からセイラのリアルで生き生きとした面影が、絶えず微笑みかけてくるのだ。

その日からぼくは、恋というもっとも不安定な心理状態に陥っていた。

III　桜花流水　*Seira Hosho*

車窓を流れすぎる六本木の高層ビル街が、淡いローズクォーツ色に煙っている。

記憶の中から再生された、古い未来都市の街並みのように時の輝きを纏《まと》うその景色は、なぜかあたしの中に眠っている偽りのノスタルジーを呼び覚ます。

いつか、どこかでこの景色を見たことがある。

遠い昔。多分、まだあたしが生まれる前、母の胎内で。

無意識の闇から響いてくる心臓の規則正しい鼓動が、東京タワーの青いライトの点滅と重なり、催眠術のように意識をほんの一瞬、途切れさせる。

地上げのヤクザに脅されるビルの谷間の古い商店街や、六本木交差点に群れているベルボトム・ジーンズに高いウェッジソールのサンダルを履いた、ウルフヘアの女の子たち、響いてくるDonna Summerの「Bad Girls」、羽田沖に煙を出しながら落下していく大型旅客機が、混沌とした渦となって脳細胞をクラッシュさせる。

ふいに後ろのトラックからクラクションが聞こえ、あたしは記憶の深海から呼び戻された。

ベンツの後部席からバックミラーに顔を映しシルエットのサングラスがずれていないかどうか確かめると、セーラムに火をつけた。隣に座っている伊集院宗沖《いじゅういんむねおき》は、横目で不機嫌な表情のあたしを盗み見る。不安に駆られたのか彼は肩を摑《つか》んで軽く揺さぶり、「なぜサングラスをとらないんだ？」とたずねた。

「君の優しい眼にその分厚いレンズは似合わない。私が嫌いなのをよく知っているだろう？」

あたしは無言のまま、窓ガラスに頰を押し当てる。関東医大学長で日本心臓外科医学会の会長の彼に、これほど正面から反抗の態度を取る人間は、家族を除けば日本中であたし一人だろう。彼はむっとしながらも、あたしの肩を自分の方に引き寄せ、

「頼むから機嫌を直して笑ってくれ」と懇願する。

イジュウインは大人しく従順な女なんかには少しも興味はない。彼の顔色を窺って媚《こ》びたり見え透いたお世辞を言うような連中は、うっとうしいだけなのだ。でも、彼の周りにはそんな人間ばかり。誰も彼に本当の気持ちを言おうとせず、間違ったこと

を言われても怒りを恐れて指摘することもない。今の地位についてから付き合った女も、金目当てのそんな腐った奴らばかりだったらしい。だからこそ、気まぐれな小悪魔のように爪をとぐあたしに夢中になり、嬲《なぶ》られることすら甘い快楽に思えるのだ。

最初にイジュウインと会ったのは、あたしの働いていた京都の陵西医大病院に白戸《しらと》医学部長を訪ねてきたときだ。白戸は心臓病患者のトラブルをめぐって、家族への対応に苦労していて、そのカルテを部長室に届けにいったのがあたしだ。彼が一目であたしに心を奪われ、訪問の目的など頭からすっかり消えているのが手に取るように分かった。

その頃、あたしは白戸の誘いにも応じていた。食事をしたり、コンサートを聴きにいく程度で寝てはいないが、彼の執心ぶりは傍目《はため》にも分かるほどだった。

あたしが白戸と交わすかすかに媚と甘えを含んだ視線から、もしかしたら彼の愛人かもしれないと激しい嫉妬心を抱いたらしい。付き合うようになって、何度も詰問されたがそのたびに笑って、「考えすぎ」とかわしてきた。

彼はその日、さりげなくあたしの名前を聞き出し、後日、電話でどうしても直接会ってたずねたいことがあると夕食に誘う。イジュウインの愛人的な存在になった半年後、彼はあたしにマンションを買い与え、自分の運営する関東医大附属病院に呼び寄せた。

人は完璧な芸術品を目《ま》のあたりにすると、欲望よりむしろ恐れを感じる。イジュウインもまた、若さに輝くあたしの前で、自分が無様でみっともなく、性的に満足させられない男なのではないかと不安におののかなくてはならなかった。それから後は金や贈り物や、ありとあらゆる贅沢《ぜいたく》であたしの関心を繋ぎとめようとしている。

「いつ君に去られるか、不安で仕方がない。五十四歳というこの歳《とし》になって、中学生のようにいつも君の機嫌を気にかけ、一喜一憂している自分が情けないよ」

彼はいつもそう言った。あたしは意識的に、イジュウインの心の琴線をもっとも駆り立てる、気まぐれで小悪魔的な女の役を選択していた。子供のように無防備に輝く笑顔を見せて抱きついたかと思うと、次の瞬間には不機嫌な殻に閉じこもる。その予測のできない自由な奔放さが、彼に永遠に失った若さの煌《きらめ》きを与えるのだ。

彼は二人の息子の父親で、いつも良識と信望のある医大の学長としての社会的な仮面を貼り付けている。仮面のその下はもう何年も前から、すでに蜥蜴《とかげ》の干からびた死体のように、感情も感性も枯渇しているのだ。今の地位を手に入れるために、多くの犠牲と魂の半分を明け渡してきたから。

でも少女の優しさと残酷さを差し出すあたしの前にいるときだけは、何もかも忘れて少年の愚かな瑞々《みずみず》しい心でときめくことができる。あたしはイジュウインに、生命の根源的な力を与えているのだ。だからどんなに際限のない我儘《わがまま》も許されるはずだった。


新宿のパークハイアットで最上階の部屋に入ると、いつものようにバスルームに直行する。ジャグジーバスに湯を満たし、アロマオイルを垂らして一時間以上浸《つ》かるのが、このホテルで過ごす週末の習慣だった。だが、今日はシャワーを浴びただけで、白いシルクのガウンを身につけて出てくる。

「早いな。もっとゆっくり入ってくればいいのに」

彼はミニバーでクリスタルにも似た透明な氷を満たしたグラスに、レミーマルタンを注ぎながら、あたしの淡い桜色に上気した顔を見上げた。

「明日はゴルフの予定も入れてない、朝は遅くまで寝ていられる。羽を伸ばそう」

イジュウインはあたしの手を摑みソファの隣に座らせて、彼の肩に頭をもたれさせながら低く囁く。あたしの胸元に吹きつけた麝香《じゃこう》入り香水のかすかに甘く官能的な香りは、雄の本能を身体の内奥からかきたてるはずだ。でも金を積んでも買えない極上品は、毎回、そう容易《たやす》くは与えてやらない。

「ごめんなさい。今夜十二時からの夜勤が入ってるの。同僚のナースが熱を出してナース長から交代を頼まれた」

彼は怪訝《けげん》な眼差《まなざ》しで、大きく見開いたあたしの瞳を見つめる。これまで、ホテルで過ごす夜は、いつも翌朝まで一緒にいる習慣だった。彼はあたしが嘘をついているのかと疑っている。真夜中、別の男のところへ行くつもりなのか、と。でも、あたしの眼差しに、嘘の兆候は見つけられない。

「夜勤なら仕方ない。でも、前から言っているように、そろそろナースなんていうきつい仕事はやめた方がいい。君が満足して生活できる金ぐらい、私がいつでも出す」

あたしは彼の手からグラスを奪い、溶けかけた氷を一粒指で摘《つま》んで唇に放り込む。氷をキャンディーのように舌で転がしながら、企《たくら》みを秘めた表情で、イジュウインの顔をちらりと盗み見た。

「ありがとう。でもあたし、ナースの仕事が好きなの。だってあたしみたいに何の取り柄も才能もない女でも、心から感謝してもらえるから」

「何の取り柄もないなんて……鏡を見てごらん。美は人に感動を与える大きな力で、唯一無二の才能なんだ。君はそれを活かして生きるべきだよ。女優でも、モデルでも、何にでもなれる」

「架空の他人を演じるのは嫌い。絵空事には興味を持てないから」

あたしは彼の首にゆっくりと両手を回し、ブランデーの匂いが漂っている、無精髭《ぶしょうひげ》に囲まれた唇にキスをする。ゆっくりと舌を絡《から》めながら彼はあたしの薄いガウンを脱がせ、ソファの上に横たえた。イジュウインはいつもあたしの身体を、芸術品を鑑賞するように惚《ほ》れ惚《ぼ》れと眺めながら、時間をかけて濃密な愛撫をする。その間、あたしは彼の顔を意識から追い出し、見知らぬ若い男とのセックスを眼の前に思い描いていた。あたしは鎖骨と肩の付け根の骨が浮き出た肉体の男でないと、欲情できないのだ。

イジュウインは乳房とクリトリスを丹念に舐《な》め、珊瑚《さんご》石のように清潔なピンク色のヴァギナを唇と指で充分に和らげると、そのままインサートした。あたしの眉根《まゆね》に即物的な快感の、小さなたてじわが刻まれる。長くじらされた末、あたしを征服したという激しい興奮で、あっという間に射精の前触れが起こる。

あたしのあそこは、熟れる前の果実のような硬さを残していて、それが男に脳の芯が溶けるほどの熱い興奮をもたらすのだ。

決して大きな声を出したり自分から腰を律動させるような積極性は見せず、いつも彼の身体に吸い付くようにしがみつき、オーガズムの瞬間を待っている。そのひたむきな表情が、さらにイジュウインの雄の本能を駆り立てた。

二十分後、曲線を登りつめ背中をのけぞらせたとき、イジュウインはついに耐え切れなくなって細い身体を強く抱きかかえたまま射精する。彼はあたしを胸に強く抱きしめると、小さな手で首にしがみつき小鳥のように甘え声を出した。

「いった後、こうしてあなたに抱かれてるのが一番好き。お父さんに抱かれてる小さい子供に戻ったみたいで、すごく安心できる」

「セイラ、君に真面目に聞きたいことがあるんだ」

「なあに？」

あたしは耳元に吐息をふきかけるようにたずねる。

「こんなときに、そんな改まった声出さないで」

彼はずっと真剣に考えてきたことを、初めて口に出そうとしているのだと言った。

「私が妻と別れることができたら……結婚する気はあるのか？」

結婚？　そんなに本気になったのなら、あたしにもっともっと与えるものがあるはずなのに。

あたしは暫く、不思議そうな眼差しで彼の顔を見つめる。

「一度も考えたことがなかった」

「もし、これからもう一つの人生を選べるとしたら、君と以外は考えられない」

あたしはゆっくりと彼の胸から身を離し、素裸のまま起き上がって冷蔵庫のペリエをグラスに注いで一口飲む。青いガラスの縁に残ったモーヴ色の口紅の跡は、背中を疼《うず》かせるほどエロティックだ。背中から腰へとなだらかにくびれた曲線の輪郭を、銀色のダウンライトが縁取っているのを、彼が息を飲んでじっと見つめている。その視線を痛いほど意識していた。あたしは振り返って、かすかに微笑んでみせる。

「そうね。結婚もいいかもしれない。あたし、赤ちゃんを産んでみたいの。でも、今すぐじゃない。もう少し自分の自由を楽しんでやりたいことをやり尽くしてから」

彼は感動に駆られたのか、あたしを背後から抱きしめる。あたしが結婚を否定しなかったばかりか、子供を産むことすら考えていると言ったからだ。

彼は頭の中に渦巻く様々な二人のための計画を口に出して喋りはじめる。海外の別荘。天使のような二人の子供。完全に調和の取れた魂の憩う家庭。

「妻には悪いが、人生は一度きりだ。夢が実現するのなら、どんな犠牲を払ってでも実現させせようとするのが人間の根源的な心理だろう。たとえそれが恋に狂った中年男の愚かな夢だと笑われても」

あたしは時折、微笑みながら、眼を輝かせて聞いていた。だが三十分後にはもう、病院に戻らなければならない時間になる。腕時計を見ながら素早く、エルメスの桜色のワンピースを身につけた。それは白戸に買ってもらったものだ。イジュウインが喉元までせり上がった、「他の男に買ってもらったのか?」という言葉を飲み込もうとしているのが分かる。あたしが過去を詮索《せんさく》されるのをひどく嫌うと、よく知っているのだ。別れ際に気まぐれ女の機嫌をそこねるようなことは、避けた方が無難だということも。

部屋を出る間際、ふと振り返って真顔でたずねる。

「今度の職場に、僧帽弁狭窄《そうぼうべんきょうさく》が原因の弁膜症患者がいるんだけど、安静を守らなくて困ってるの。急な悪化の兆候を知っておきたいんだけど」

「仕事熱心だな。最初に胸壁の雑音がふれる。それから起こりうるのは心肥大や呼吸困難、浮腫《ふしゅ》、脈拍増加だ。僧帽弁の人工弁置換手術は？」

「先生は経過観察で決めるらしいの。今はジギタリスとフルセミドを使ってる」

彼は学生に講義するように簡潔に説明する。

「とりあえず呼吸困難と心雑音のチェックを怠らないことだ。心臓の負担が少しでも強くなるとまずい。安静を徹底させなさい」

「ありがとう。助かったわ」

彼はいつものように封筒に入った札束を、手の中に滑り込ませる。握り締めた感覚では百万円ぐらい。あたしは肩をすくめて札束をバッグに滑り落とす。人はいつも、金をいちばん無益なことに使いたがる。

明るい笑顔でイジュウインの唇に軽いキスをし、踊るようにサンドベージュのカーペットを踏んで廊下を歩いていく。彼は初恋の人を見送る十三歳の少年のように、薄暗い闇の向こうでいつまでも見送っていた。

ホテルの外でタクシーを捕まえると、白金のホテルに直行する。白戸が誕生日のプレゼントを渡すために、あたしを待っているはずだ。

真夜中の首都高速から見下ろす東京の夜景が、再びあたしの記憶を強引に巻き戻す。あの、東京タワーに瞬《また》く赤や青やオレンジ色の航空誘導灯の点滅が、意識の組成を変えてしまうのだ。

青・赤・黄色・オレンジ・青・赤・黄色・オレンジ・青・黄色・赤・赤・赤……。

IV　星眼・風眼

Seira Hosho

西の空に沈みかけた太陽は見たこともないほど鮮やかな紅色で、張り巡らされた毛細血管から動脈血が爆発しそうに膨張している。

あの太陽は病気で、きっともうすぐ死ぬんだ。血管が破れて血が止まらなくなって、そのうちどんどん身体が縮んでいって、最後は赤い小さな染みになって、やがてそれすら消えていく。もう地球に朝が来なくなったら、あたしたちはずっと夜だけの闇の世界に生きなくちゃならない。

八歳のあたしは誕生日に祖母からもらった、青いサテンのチャイナドレスを着て、窓のカーテンの隙間《すきま》から空を眺めている。そのドレスは祖母が上海に旅したとき、高級チャイナドレス店にデザインを特注したオーダーメイドだ。ピンク色の菫《すみれ》と青い蝶の、シノワズリ模様の刺繍《ししゅう》がついたとても美しい服で、光るビーズがいっぱいに縫いとりされたお揃いの靴がついている。

夕方、何かの雑誌のためにカメラマンやその助手や編集者が家に来た。あたしは髪をアップに結い上げられ真っ赤な口紅を塗られて、何百枚も写真を撮られた。

「すごいな。君は八歳ですべてが完成してる。最高にエロティックだ」

あたしは興奮しているカメラマンの言葉を、冷たく黙殺する。一秒でも早く、退屈な撮影が終わって欲しかったのだ。彼らが帰ってからもお気に入りの服を脱ぎたくなくて、宮廷の踊り子のようなメイクのまま、母の眼を盗んで遊んでいた。

太陽が姿を消してからも、雲の裏側に茜《あかね》色の残照が赤々と残っている。

子供部屋の窓から素足のまま外に飛び降りて、甘い花の香りを放つクチナシの根元にある、蟻の巣を掘り返した。小指の先ほどの黒蟻を摘み上げ、水の溜《た》まった甕《かめ》に放り込む。必死にもがいて岸に泳ぎ着こうとするたびに、指で蟻を真ん中に押し戻す。繰り返しているうちに蟻はぐったりと弱っていき、やがて丸まった水死体となって水面を漂う。

金色の仏像が横たわる石の祠《ほこら》の前にひざまずき、ちぎった白いクチナシの花びらに蟻をのせて、朱色の皿の上に恭しく捧げる。

「これがきょう一日分、あたしを生かしてくれたお礼です。どうぞ受け取ってください」

毎日、日没と共にあたしが自分に課していた絶対的な儀式。

幼い頃、母に「お前は間違って生まれた子だ」と毎日言われた。だから、本当はこの世界に、あたしの分の命はないはずなのだ。間違って生まれたことに神様が怒って、あたしの命を奪わないよう、別の命を代価として捧げなくちゃならない。神様がこの交換取引に満足している限り、小さな女の子を殺したりはしないだろう。

蟻だけじゃない。常夜灯に集まってきた黄色の蛾《が》や、石の下に隠れていたヒスイ色の蜥蜴、時には草むらから飛び出した飛蝗《ばった》が、生贄《いけにえ》の供物となる。前の日の、神様に命をたっぷり吸わせた生贄は、鬱蒼《うっそう》とした裏庭の草むらに捨てた。

小学校にも殆ど行かず、本郷の住宅地にある鬱蒼とした亜熱帯樹木に囲まれた「お化け屋敷」で一日を過ごすあたしにとって、夕陽と朝陽は神聖なメインイベントだ。それから雨や風、虹、雪……季節の移り変わりや自然からの声だけが、あたしを現実の世界に繋ぎとめていた。

「お化け屋敷」はアジアの建築様式を混合させた、妖《あや》しく、まがまがしく、だが不思議に美しい完結した異世界だった。

真っ青な石門をチャイニーズ・ランタンの灯に導かれ、竹林や旅人椰子《やし》の葉陰を抜けていくと、アユタヤ王朝の宮殿を真似た紅《あか》い壁に金の屋根の建物が見えてくる。見上げるように大きな装飾ドアには舞い上がる竜が彫りこまれ、その上には「竜神門」と金色の漢字が躍っていた。

建物の内部は、王宮のように豪奢《ごうしゃ》だが気味の悪いものが沢山あった。天井まで届くヴィシュヌ神の像や、金色のコウモリが縁飾りについた円形のミラーボード、背板にとぐろを巻いた蛇の透かし模様がついた、中国の百年前のアームチェア……。部屋の真ん中には玉砂利を敷き詰めた睡蓮《すいれん》の咲く水路があって、百匹近いランチュウや鯉や肺魚が泳ぎ回っている。

一日二回、母が餌をまくと、魚たちは恐ろしいほどの勢いで群がってきて、水面は染料を注入して染めた毒々しい青や真っ赤な鱗《うろこ》で塗りつぶされる。それがたまらなく薄気味悪かった。「指を入れたら食いちぎられる」と母に脅されたので、あたしは決して水に手を触れまいと心に誓っていた。

ナースの母とあたしと祖母が、なぜこの屋敷に住んでいるのか、誰もが不思議がる。

母は十五歳から二十六歳まで、日本での記録が何もない。表向きは看護学校に通っていたことになっている。だが、本当は不良グループに入っていた高校生の頃、怪しげな横浜の売春ルートでバイトをしていて、外国の政府組織に騙《だま》され、非合法的に連れ去られたのだ。若い頃の母が人並みはずれて美しかったため眼をつけられて、VIPのための奉仕隊のようなことをやらされたのだと祖母は言う。十五歳の頃の彼女の写真は、彫りの深い大きな眼と真っ白な肌を持った大輪の芍薬《しゃくやく》のように華やかな美少女で、艶《つや》やかな髪を腰まで伸ばしていた。

母は外国にいた十年間のことを、誰にも話したがらないから、きっと辛い歳月だったのだろう。背中には決して消えない紫色の大きなアザがついている。

母はその国を脱走して大連《だいれん》というところに行き、日本の役人にかけあって帰国させてもらった。それから学校に通ってナースになった母は、入院してきたガン末期の孤独な富豪と結婚して最期を看取り、彼の遺産である屋敷を手に入れたのだ。献身的な介護が愛のためでなく、不当に奪われた青春の代償としての謀略だったことは、祖母に聞かなくても察しがつく。

あたしの父が誰なのかは知らないし、知りたくもない。でも多分、老人を介護している間、母は何人かの若い愛人と付き合っていたから、その一人なのだと思う。

母はすべての男を激しく憎んでいた。

自分を拉致《らち》した組織の男たちも、仕えさせ若さを奪い取った政府の要人も、ガンで死んだ老人も、そしてあたしの父親である男も。男は汚らしい欲望の塊《かたまり》で、女を奴隷のように所有するか残酷に傷つけることしかできない動物なのだと、口癖のように繰り返す。

母の余りに目立ちすぎる美貌は、彼女に数奇で冒険的な運命を与えただけで、幸福や心を溶かす恋愛には一度も巡り合わせはしなかった。たぶん、彼女はとても可哀想な人。でも彼女と同じ顔立ちを受け継いだあたしは、絶対にそんな風にはなりはしない。いつだって自分が運命の主導権を握って、未来を切り開くと固く決心していた。

あたしは自分を誉《ほ》めそやし、撮影する男たちを憎みはしなかった。憎むほどの価値もないから。その代わり彼らを哀れみ軽蔑している。不幸にとらわれた母や祖母を、憐憫《れんびん》の眼で見ていたのと同じように。

男たちはあたしのちょっとした微笑や髪をかき上げる仕草や、甘えた表情に簡単に翻弄《ほんろう》され、それに対抗する術《すべ》を知らない。

サイのように退屈で鈍感で、愚かな男たち。あたしが愛らしい無垢な微笑の中に、致死量の毒を混ぜても気付きさえしないのだ。それがいつもあたしをたまらなく苛立たせる。

だからあたしはうるさい母や大人の男を自分の世界に侵入させることを拒否し、一人だけの空想の国で遊んだ。

一番のお気に入りは、五歳のときに屋敷の本棚で見つけた、外国人が書いたとても古い絵本。王女ミライは別の惑星からの旅行中、宇宙船の事故で地球に不時着する。彼女は人間や動物の心を自由に操ったり、自然界に天変地異を起こす超能力「星の眼」を持っているのだ。でも、そのために人間に異星人と見抜かれ、眼隠しをされ監禁されて氷に閉じ込められる。

彼女に恋をしている宇宙船のパイロット、ククルは、王女ミライを救うために、世界中で愛する人間だけを探し出す彼の「風の眼」を使って、ミライを救出する。目隠しを解かれた彼女は、「星の眼」で自分を捕らえた人々を、決して溶けない氷像に変えてしまう。

それから人間たちに宇宙船を作らせ、お気に入りの動物たちとその世話係を乗せて、ククルが操縦する宇宙船で自分の惑星に帰還し大歓迎を受ける。なんて胸躍るすてきな冒険物語。

あたしは主人公の二人が繰り広げる冒険に、たちまち夢中になって、毎日、空想の中の一人二役で彼らの壮大な物語を演じていた。

やがて身も心も誇り高い王女ミライになりきると、訪問客を宝石に変えてしまうチャンスを窺う。少女雑誌のカメラマンはポラロイドのシャッターを押した瞬間に、指の先から透き通った青いアクアマリンのオブジェになった。あたしが小学校を休んでばかりいることに文句を言いに来た教師は、紅茶に口をつけた瞬間、真っ赤なルビーの像に、保険外交員は靴を脱いだ瞬間、ベリルのミイラになる。

ククルはいつもすぐ隣にいて、あたしに絶えず囁きかける。彼は勇気と狡猾《こうかつ》さと知恵と、どんな人間より強い心を持っていて、あたしが窮地に陥ると必ず助けてくれた。ククルはあたしの人格の重要な一部になり、彼なしではあたしは何も決められず、行動できなくなっていた。

十五歳の冬、祖母が死んだとき、彼はこう言った。

「ぼくたちがこの監獄を出て行くべき時だ」

あたしは彼に従い、高校を卒業すると母に黙って看護師養成学校に入り、身の回りの荷物を母のヴィトンの旅行バッグにまとめて家を出た。学校や寮生活の費用は、休日、CMやグラビアの仕事をすれば何とかまかなえた。

母の職業だったナースが、一番手ぢかなものに思えたのだ。それに、「人を救う」という仕事は、写真のモデルや虚構の舞台より、ずっと演劇的であたしに魅力を与えてくれるものに思えた。

あの魔窟《まくつ》のように息詰まる屋敷から自由になり、自分の力を試してみたい。あたしは本当に「星の眼」を持っているのか。思うがままに、他人の心を操れるのか。

でも、家を出ることにはもっと重要な目的があった。ずっと探していた対《つい》の片割れ「ククル」を探し出すことだ。

物語の中のククルは、いつのまにか現実の人間として世界のどこかから手招きしていた。生まれる前はひとつだったあたしたちは、必ず結ばれるべき運命なのだ。

あなたはだあれ？／君はだあれ？

あたしはミライ／ぼくはククル

あなたは金髪／君は赤毛

だけどおかしいあなたが笑うと／何か変だな君が怒ると
同じように／同じように
笑いたくなって／身体が弾《はじ》けて
あなたの後ろに／君のずじょうに
海があって／山がそびえて
小さな罪も／大きな望みも
双子のように／ひとつにまじる
いつのまにか／ふたりでひとつ
きょうからふたりは／空飛ぶミラクル
みんなが指差す／ぼくらの影を
さあ一緒に／歌をうたおう
手と手をつなぎ／肩を組んで
小さな声で／大きな声で……

V　真珠貝　*Ibuki Domoto*

病室の窓から聞こえる風の歌が、秋が近づき低く悲しげになり始めると、セイラへの想いは手に負えない激しさでぼくを支配するようになっていた。

毎日、彼女の顔を見て声を聞き、少しずつお互いの絆《きずな》を深めていくことだけが、生の手応えを実感させてくれる。恋の第三段階、共生欲求に足を踏み入れたのだ。

今のぼくは新人弁護士として大切な時期を無駄にし、いつ退院できるかも分からない。同級生のライバルだったアキヒトは、すでに医療訴訟の分野で頭角を現している。そんな鬱屈した焦りと空虚感が、ぼくが恋にのめり込むことを無意識に許したのかもしれない。

読んでいた本から顔を上げ、窓の下を見下ろす。中庭の渡り廊下を足早に通る白い人影。セイラだ。無意識に微笑を浮かべている自分に気づいて、ほんの少し顔が熱くなった。彼女のシルエットなら、群衆の中でも見分けがつく。

これほど素直に彼女を好きになったのは、並外れた美貌と女としての魅力のせいだけじゃない。うぬぼれではなく、彼女がぼくに見せる優しさや好意は、他の患者たちとは違う特別なものだという確信があった。好きだといったエミネムの新譜が出ると、わざわざCDショップに寄って買ってきてくれたり、こっそり食後にカフェインレスのコーヒーを入れてくれたり……。そんな彼女の行為は、一般的なナースの患者への気配りを超えていた。それがぼくと同じ密度の感情なのかどうかは、分からなかったけれど。

一緒にいると自然に微笑が浮かび、いつまでも会話を続けていたくなる。一日の最初や終わりに顔を見て、その日にあったことを報告しあいたい。

知らぬ間に、彼女を「未来の妻」に重ねている自分に気づき、思わず苦笑する。彼女のような女性が貧乏弁護士となんか、結婚してくれるはずもないのに。

病室のドアを誰かがノックする。「どうぞ」と返事をすると、意外な女性客が入ってきた。

ぼくの所属する弁護士事務所の窓口と経理を担当しているツナミサエコだ。茶色にブリーチしたショートカットが似合う彼女は、いつもパンツしかはかないのに、今日はタイトスカートとパンプスなので別人に見える。クールで理知的な顔立ちと物静かな性格で、年齢より落ち着いて見えるが、確か今年二十八歳の独身だった。

驚くほどの読書家で、ぼくたちは歴史上の有名な作家や作品について分からないことがあると、必ずサエコに聞く。すると大抵、バックグラウンドにいたるまで詳しく解説つきで返ってきた。

「具合はどう？　早くお見舞いに来たいと思ってたけど、事務所の引越しがなかなか片付かなくて……」

彼女はそう言って、赤い包装紙でラッピングしたケーキの箱を差し出した。礼を言って開けてみると、少し形の不ぞろいなマドレーヌが並んでいる。

「これ、もしかしてお手製？」

「自分で作ったら、大きさがまちまちになっちゃって……でも味はいいから大丈夫」

サエコは少しはにかんだように笑い、紅茶を入れにティーポットを持って給湯室へいく。彼女が手製のケーキを焼くなんて、意外だった。事務所では黙々とパソコンの画面で計算をしているか、本を読んでいる顔しか見たことがない。

キャビネットをテーブル代わりにしてケーキを食べながら、他の弁護士たちの仕事ぶりを聞く。彼女はバッグから分厚いファイルを取り出して、ぼくに渡した。

「陵西医大病院の医療訴訟について、知りたいって言ってたでしょう？　この前、図書館で医療訴訟関係のデータベースにアクセスしたら、膨大なデータが出てきたから、役に立ちそうな記事をピックアップしてみた」

「すごいな。ありがとう。一生、恩に着るよ。病院で手に入る情報が少なくて、苛々してたんだ」

ファイルを捲りながら、それが欲しかった情報を殆ど網羅していることに驚く。

「これ、勤務外の仕事だろう？　ちゃんと謝礼は……」

「お金なんか」

サエコはきっぱりした口調で言う。

「堂本さんが入院で精神的に参ってるって聞いてたし……。少しでも役に立てばと思って」

その言葉の中に、見過ごせない真剣な響きを感じる。少し頬を紅潮させた彼女が、眩しそうに視線をそらした。

「あなたが入院してから、気がつくとひとつだけ空《から》っぽの机ばっかり見てる。変でしょう？　これって間接的なコクりかな」

　自分の鈍感さが恥ずかしくなる。サエコがぼくに好意を持っているなんて、少しも気づかなかった。彼女を異性としてはまったく意識していなかったから。突然の告白にうろたえたぼくは、混乱をごまかすために手を伸ばしてティーポットをとり、二人のカップに注ぎ足した。

「とにかく……ありがとう。まだ退院のめどはたってないけど、出られたら医療訴訟に的を絞っていくつもりなんだ」

　腕時計を盗み見て、ふいにこの会見を早く切り上げなくてはという焦りを感じはじめる。あと数分で検温と投薬の時間だ。セイラにサエコと一緒にいる所を見られたくない。もしも恋人だと誤解されたら……。

「悪いけど、そろそろ投薬の時間だから……。安静を守らないとどんどん退院が遠のくと、医者がうるさいんだ。エレベーターまで送るよ」

　サエコはバッグを摑んで立ち上がり、「一人で平気だから、寝ていて」と笑顔で片手を振る。その瞬間、あまりに最悪なタイミングでドアが開き、セイラが入ってきた。

「お客様？　申し訳ないけど、投薬の時間ですから」

サエコは突然、現れた女性の美しさに一瞬、気《け》おされたかのように立ち止まったが、すぐに頭を軽く下げ、セイラの脇をすり抜けて出て行く。

「素敵な方ね。堂本さんの彼女……かな？」

セイラは体温計と薬のカプセルを二錠、それに水の入ったコップをキャビネットに置きながら、悪戯《いたずら》を企む少女のように瞳を煌かせながら言う。ぼくは慌てて首を横に振り、できるだけさりげなさを装って笑う。

「まさか。事務所で働いている経理の子で、ただファイルを届けてくれただけ。今まで仕事が忙しすぎて、彼女を作っている暇なんてなかった」

「嘘。堂本さんてもてそうだし、結婚したら優しいだんな様であったかいパパになりそうなのに」

ぼくは顔が耳まで紅潮しているのを見られまいと、俯いて赤と青のカプセルを水で飲み下し、それから体温計を脇の下に挟む。

「この仕事を続ければ、あまりいい夫にはなれそうもないな」

体温計の停止を告げる電子音が聞こえる。脇から外してセイラに渡すと、彼女はかすかに眉根を寄せ「微熱が出てる」と呟《つぶや》いた。それからぼくの左の胸に掌を当て、何かにじっと耳を澄ます。彼女の掌が触れている胸の辺りから、全身に興奮と緊張が広がっていき、ぼくのペニスはシーツの下で完全に勃起していた。それに気づかれないよう身体をよじりながら、セイラの温かな体温を感じているのは、甘美な拷問のような時間だ。

「心臓の雑音を調べたけど、特に目立った変化はないと思う。後で回診のときに、もう一度先生がチェックしますから」

最後に彼女は輝く眼を見開いてぼくを見つめ、信じられない言葉を言い放つ。

「あの人が彼女じゃなくてよかった。ほんとはちょっとヤキモチを妬いてたの」

それから彼女はベッドの上に垂らしたぼくの指を軽く握り締め、顔を覗きこむように近づけてくる。心臓の鼓動が止まり、思考能力が限りなくゼロに近づく。セイラがぼくに嫉妬を？　つまり、恋愛感情を持っているということなのか？

彼女の眼のアッシュ・ブロンドに明るく輝く虹彩が、ぼくの瞳を映すほど近づいたとき、肉体に流れる無意識の力がぼくを押しやり、次の瞬間、セイラの頬を片手で引き寄せて温かな唇にキスをしていた。顔を引き離して見つめあったときも、たった今起こったことが信じられず、感情の大きな波に飲まれて言葉が出てこない。

やがてセイラが何かを確かめる眼差しで微笑みかけ、「じゃあ」と言ってベッドから離れ部屋を出て行く。窓の外の見慣れた景色が、突然、神秘的な深い意味を秘めた若草色と青灰色の巨大な絵画に変わっている。陽射しは金糸と銀糸で織ったナバホ族のタペストリーのように大気を輝かせ、木々の幹には精霊が身を宿し、雲の形でさえすべてがぼくにセイラの心を伝えようとしていた。ぼくの心は肉体から遊離し、その絵画の中で恋に身を焦がす神話の若者に生まれ変わる。

だが、一週間経《た》つと、セイラの態度はまた以前と同じ、ナースと患者の距離を置いたものに戻り、隙を見せようとしなくなる。個人的な会話はことごとく冷たく跳ね返され、ぼくは少しずつ意気消沈していく。

あのとき、セイラが見せた好意はほんの一瞬の気の迷いにすぎなかったのだろうか。勝手に舞い上がっていたぼくを見て、彼女は心の中で嘲笑《あざわら》っていたのかもしれない。自分とは不釣合いな女性とのドラマティックな恋愛より、法律の世界で青臭い正義を夢見ている方が似合っているのだ、と自分に言い聞かせる。

金曜の午後、ベッドの上に半身を起こし、サエコが持ってきてくれた膨大なファイルを丹念に読む。そこには陵西医大病院心臓外科の医療訴訟の経過が、くわしく記載されていた。これまで知らなかった細部を読み込むにつれて、やはり事件の奥には、ただの医療過誤の隠蔽《いんぺい》だけではない、もっとどす黒く蠢《うごめ》くものがあると強く感じる。

ぼくは自分が法廷に立てない時間を無意味に過ごしたくなかった。せめてアキヒトの担当する事件に、少しでも協力したい。そうすれば医療訴訟についてのノウハウも自然に吸収できるはずだ。

陵西医大病院に心筋梗塞で入院した四十一歳の男性が、二カ月後に死んだ。患者は病状が悪化し心不全を起こして、心臓の働きを鎮静化するβ遮断薬を投薬されていた。死亡患者が陵西に入院する前に診《み》てもらった病院では、診断されていた副作用を、見逃した病院側の投薬ミスによって、死亡したというのが訴えの内容だ。

患者側の訴訟代理人を引き受けたアキヒトは、投薬の判断を下したのが担当医の代理の医師だったことから、状況判断ミスによる医療過誤だとしている。一審では病院側に有罪判決が下ったが、高裁では一転して無罪となった。

心筋梗塞、心不全、β遮断薬……。様々なキーワードが頭の中できちんと配列されないまま、ぐるぐる回り続けている。長い入院生活で、思考の勘が鈍っているのだ。

ぼくは溜息《ためいき》をつく。この事件を正しく分析するには、医師に頼んでレクチャーしてもらったほうがよさそうだ。

が、ぼくが行動を起こす前に、神は先回りをして驚くべき展開を準備していた。夕方、病棟気付で送られてきた一通の郵送物が、ぼくの手元に届けられる。差出人のところには、A・Sと乱暴なイニシャルが記されているだけだ。左上がりの文字にはどこかで見覚えがある。中を開いて思わず意外な差出人に眼を見張った。アキヒト本人だ。便箋に走り書きされた簡潔で無愛想なその内容は、ぼくを眩暈《めまい》がするような混乱の渦の中に放り出すものだった。

「君が心臓の病気で入院していると弁護士仲間に聞き、心配している。何かできることがあったら、いつでも遠慮なく言ってくれ。

君も知っていると思うが、ぼくは今、陵西医大病院の心臓外科で起こった医療訴訟を担当している。実はその件でぜひたずねたいことがある。死んだ患者には二人の担当ナースがいて、二人とも今のところ一切の過失はなしとされている。ベテランの方は法廷で証言に立ったが、若い方は表に引っ張り出されていない。

だが、ぼくはこの若いナースが、実はこの事件の発生にかなり深く関与していると睨《にら》んでいる。ナースの名前は宝生聖良。二カ月前、君のいる関東医大附属病院心臓外科に移った女性だ。ぼくはなるべく彼女を警戒させないような形で、コンタクトを取りたい。たとえば君の友人として面会に行き、偶然を装って事件のことを聞き出すとか。

君を利用するようで申し訳ないが、二カ月後の最高裁で病院が隠匿しているカルテ改竄《かいざん》の事実を、彼女に証言させることが絶対に必要なんだ。君さえ都合がよければ、来週早々にそっちに行くつもりだ。返事を待ってる」

困惑しながらセイラの名前が書かれた部分を、何度も繰り返し読んだ。よりによって、彼女が死んだ患者の担当だったなんて。確か、彼女に訴訟についてたずねたとき、「自分が辞めた時期の事件だから、詳しくは知らない」と答えたのをよく覚えている。だが、それを隠していたことでセイラを責めるのは、気の毒かもしれない。誰だって新しい職場では、心ならずも不名誉な事件の渦中にいたことは隠したいものだ。

やがて自分が無意識に、アキヒトから彼女を庇《かば》う思考回路を選んでいると気づく。セイラを冷酷な法廷に立たせることは、僕自身の名誉を貶《おとし》めるよりもっとずっと辛いから。

その夜、ぼくはアキヒトに簡潔な返事を書いた。

「君がここを訪問するのは大歓迎だ。陵西医大病院のことは、ぼくも何らかの形でできるだけ協力したい。でも宝生聖良については君自身がコンタクトを取る以外、方法はない。なぜならぼくは、彼女は絶対にカルテの改竄に関係していないと信じているから」


アキヒトが病室を訪れたのは月曜の夕方だ。茶色い麻のジャケットを着た彼の、唇の左端だけかすかに皮肉っぽく歪《ゆが》めて笑う表情が、学生の頃と同じで懐かしくなる。幾分、頰のあたりが引き締まり、怜悧《れいり》な眼光は前にも増して鋭さを増していた。

「病人を歩かせるのは気がひけるけど、ここじゃちょっと……」

彼はドアの外をうかがうように小声で言う。ぼくはガウンを羽織って起き上がる。

「分かった。じゃあ、下のカフェに行こう」

外来患者や休み時間の談笑を楽しむ職員たちの姿も消え、静かな閉店前のカフェの窓際で、ぼくはカフェオレを、アキヒトはアイスティーを注文する。遠慮がちに煙草に火をつけた彼に、ぼくは単刀直入にたずねた。

「君の手紙にあった、宝生聖良がカルテ改竄に関係してるっていう部分を、詳しく説明してくれないか」

「この件はまだ完全な極秘事項だけど、君だから信用して言う。彼女は死亡患者と、入院前から特別な関係にあった」

「えっ？」

ぼくはアキヒトの言葉の意味が読み取れず、呆然《ぼうぜん》と彼の顔を見つめる。

「カイエダは最近、人気が出てきたアパレルメーカーを経営していた資産家だった。二年前、彼が心臓の痛みを覚え、陵西医大病院に初診に来たとき、外来にいた宝生を見初《みそ》めて金の力で愛人にした。もっとも宝生は恩着せがましく月に一、二回会うだけでうるさがっていたらしい。でも、彼が陵西に入院したのは、宝生がいたからだ」

まさか、セイラが金のために愛人を？　信じられない。だが、彼女のあの、ナースの安給料では到底買えるとは考えられないエルメスやヴィトンの服やバッグは、誰かに買ってもらったとしか思えない。ぼくの論理回路が不自然な形のループを描く。セイラを信じたい気持ちと、アキヒトの言葉が真実なのかもしれないという疑惑が正面からぶつかり、葛藤する中で少しずつ前者が強まっていく。なぜお前は心からの励ま

し と微笑で、ぼくにこの鬱屈した日々を乗り切る力を与えてくれる彼女を信じられない？　いや、アキヒトの調査がいい加減なわけがない……。

「カルテを改竄したという証拠は？」

「陵西の心臓外科ではいつも診察の後、紙のカルテに書き込み、それを後でチーフナースがパソコンに打ち込む。でも、この日はチーフナースが不在で、代わりに宝生が打ち込んだ。遅番だったベテランナースの明石《あかし》がカイエダのカルテを見たとき、どこか以前と変わったような違和感を抱いた。だがパソコンと照合してみると、完全に一致している。気のせいだと考えなおした。

　患者の心不全が急速に悪化して衰弱しはじめたのはその晩だ。ナースは代理の医師を呼び出し、カルテを渡す。そこには虚血による不整脈や血圧低下など、冠動脈スパスムの兆候を表す症状は、一切、記載されていなかった。だから医師はβ遮断薬の投与を決断したと言っている。

　でも、カイエダがスパスムを起こし危篤に陥ったとき、明石は四日前、自分が担当医に不整脈を報告したことを思い出していた。なぜ、その記載がカルテから消えたのか？　担当医は記憶に留めておらず物的証拠もない。記憶違いの可能性もあるからと法廷では証言を控えたが、ぼくにはかなり確かなこととして話してくれた。カルテを改竄しこの記載を消去することができた人間がいたとしたら、宝生だけだ」

「一体、何の目的で？」

ぼくは大きな苛立ちを感じながらテーブルに落ちた砂糖を、指でゆっくりとかき集める。

「彼女にとって何か利益があったのか？」

アキヒトはアイスティーを飲み干して、肩をすくめる。

「それが問題なんだ。カイエダと宝生は確かに愛人関係だったが、殺すほどの金や怨《えん》恨《こん》のトラブルは見当たらない。熱をあげていたのはカイエダの方だったらしいし。動機が分からないから、宝生の心理を分析するためにここへ来た。彼女は君の担当だろう？」

ぼくは無言で頷く。

何もかも馬鹿げたことに聞こえる。宝生聖良が愛人のカルテを改竄し、医師の判断を誤らせて彼の死を呼び寄せるなんて。透き通った水晶を「これは黒いミカゲ石だ」と見せられても、相手の気が狂っているとしか思えない。

「悪いがぼくには協力できることはないと思う。きっとその明石というナースが、勘違いしてるんだ。死因に引きずられて、元々なかった記憶をあると錯覚してるだけさ」

「話はまだ終わってない」

アキヒトはぼくの眼を正面から捕らえて、強い口調で言う。

「宝生は神戸の看護学校を出てから、これまで全国の四つの病院を転々としてきた。そのどこでも彼女の担当患者の中から、医療ミスや原因不明の死亡患者が出た。しかも、今まで死んだ三人はみんな、彼女と恋愛関係にあった人間ばかりだ。どれも宝生の直接的な関与は発見されなかったし、訴訟沙汰になったのは今回が初めてだけどね」

ぼくたちは無言で、お互いの視線の中にあるものを読み取ろうとする。

「セイラは札つきの犯罪者だと？」

「犯罪者とは言ってない。患者を殺して利益を得ているわけじゃないからな。ただ得体の知れない心の闇を持っている。恐らく殺意に似たもの……」

ぼくは乱暴にカップをテーブルに置き、テーブルから立ち上がる。

「悪いが疲れた。病室に戻って少し眠るよ」

片手を上げたアキヒトは、もはやかつての勉強仲間ではなく、決して言葉では理解しあえない、異星の住人のような遠い存在に見えた。

VI　水影月色

Chiharu Kiribayashi

ナースステーションのパソコン画面から離れ、窓際のコーヒーメーカーからカップにいれたての熱いコーヒーを注ぐ。ミルクをたっぷり入れて立ったまま飲んでいると、セイラがナース長と何か話し込みながら入ってきた。彼女はあたしをちらっと盗み見て、白衣に包まれた柔らかな胸をかすかに背中にぶつけながら、自分の席につく。ほんの少し身体が接触し、彼女のコロンの香りの混じった甘い体臭を嗅《か》いだだけで、抑圧していた欲望が雪解け水のように細胞から滲《にじ》み出してくる。

初めてセイラがあたしの部屋を訪れてくれた日から、五回の逢瀬《おうせ》を重ねた。病院で顔をあわせるたびに、柔らかな桜色の唇や細くしなやかな指が与えてくれた快感の深さがリアルに蘇り、全身が熱を帯びたように火照《ほて》ってくる。平静を装った表情とは裏腹に、身体の中心の熾《お》き火が大きな炎となって燃え上がっていた。

官能の呪縛《じゅばく》に包まれ身動きがとれなくなったのは、生まれて初めてだ。いつも男のインサートとピストン運動では余り深く感じることができず、自分は性に関してクールで淡白なのだと思いこんでいた。でもセイラの丹念な愛撫によって、快感へと至る肉体の扉が大きく開き、もうそれなしでは生きられなくなっている。

まるで麻薬だ。爛熟《らんじゅく》して腐敗寸前の果実のような、豊饒な背徳の味を舌に転がして、あたしはその濃厚さにかすかに身震いした。

やがてナース長が出て行って二人きりになると、セイラは後ろからあたしの首に抱きつき、笑いながら耳の後ろにキスをする。

「会いたかった。半日でも顔を見ないと淋しい」

あたしは不意に誰かが入ってこないかとドアを見つめながら、彼女の身体を抱きしめ、その匂いを一杯に吸い込む。

「今、この香りを思い出してた。すごくあなたを抱きたくなった」

「今夜泊まりにきて」

彼女に優しい声で囁かれ、あたしは喜びで夢見心地になる。

彼女のマンションを訪れるのは初めてだ。最愛の人の部屋で一夜を共に過ごすことは、二人の距離が今よりずっと縮まることを意味していた。

　だが、彼女の机に堂本維吹紀《いぶき》のカルテが置かれているのを見て、ふいにどす黒い嫉妬に駆り立てられる。セイラがイブキと親しげに病室や廊下で話している姿を、何度も目撃した。彼はこの病棟のナースにも一番、人気のある二枚目だし、きっとセイラから見ても異性として魅力があるに違いない。元々、彼女はあたしと同じように、同性愛者ではなくストレートなのだ。

「堂本って絶対、あなたに異性として好意を持ってると思う。他の患者は相手にもしないのに、彼だけは別格なのね。あなたも彼に気があるの？」

　セイラは眼を大きく見開いて、一点の曇りもない無垢な表情であたしを見つめる。

「妬いてるの？　ただの担当患者とナースの関係じゃない。あの人、あたしが以前いた病院について関心があるだけ。手も触れたことがないし」

「ほんと？」

「男も女もあなた以外には本気になったことない」

　セイラがそう言って、あたしの乳房を白衣の上から悪戯っぽく握りしめる。あたしはそのエロティックな感触に負け、「分かった。あなたを信じる」と言ってしまう。

満月が熟しきった鮮血色の柘榴《ざくろ》のように、饐《す》えた香りの果汁を一杯に含んでいる。指で触れたら柔らかに溶けかけた果肉に突き刺さり、そこからとろりとした中身が流れ出て、完全な球形が形もなく潰《つぶ》れてしまいそうだ。

降り注ぐ月光に照らされて、マンションの前庭に咲き乱れるコスモスの花畑が、金色に照り映えている。インクブルーの薄闇の中で、それは金貨の形のイルミネーションのようにきらきらと輝き、時折、地上に滑り落ちる流星が遠い光の漣に飲み込まれていく。

「こんなマンションで生活してたら、あたしだってもう少し優しい気持ちで働けるよね」

窓に頬を当てていたあたしは溜息をついて振り向き、セイラが横になっているベッドの脇に座る。バスタオルを巻きつけただけの彼女の胸や頬は、まだジャグジーバスの名残りで桜色に上気している。それがたまらなく可愛くエロティックに思えた。

あたしはベッドに素裸でひざまずき、セイラの月下美人の花びらのように柔らかで繊細なヴァギナを舌と唇で丹念に愛撫する。ダウンライトの仄《ほの》かに青白い光が、彼女の身体の中央に細いイベリア半島のような模様を描く。彼女の美しい乳房が呼吸するたびに小さく震え、半島の付け根が海に消えてはまた蘇る。その付け根を指でなぞり、突起したクリトリスにまで滑り落ちる。あたしの髪を撫《な》でていた右手がふいに静止する。快感の曲線が急速に高まると、外界から意識を閉じて感覚に集中しようとするのは、女の本能だ。

でもあたしはセイラの子猫のように澄んだ優しい眼をずっと見つめていたい。そうすれば、愛されている安心感を得ることができる。でも彼女が眼を閉じてしまうと、あたしは一人ぼっちの異次元の世界に追放されてしまう。

「眼を開けて、あたしを見て」

指先でクリトリスとヴァギナの入り口の上部をこすり上げながら、あたしは膝をついて彼女の顔を覗きこむ。やがてセイラが薄目を開け、あたしを見上げる。「あたしは誰？　名前を呼んで」

「……チハル」

吐息の合間に囁くセイラは、快感がその愛らしい眼を輝かせ、頬を桜色に紅潮させている。それを見つめていると、たまらなく彼女がいとおしくなり、あたしはかがみこんで長いキスをした。会うたびに、恐ろしいほどの独占欲と執着があたしを支配していく。一日でも離れていると、彼女が遠くへ行ってしまうようで耐えがたい不安に襲われる。彼女が他の誰かと楽しげに喋っていると、胸が焼け付くような激しい嫉妬に襲われ、自分でももてあますほどだ。

だから肉体の喜びを分かち合うときには、彼女の中をあたしの存在でいっぱいにしなければ気が済まない。もっともっと強烈な快感と欲望を覚えさせ、あたしがいなくては生きていけないようになればいい。

二人で買いに行って選んだ、スケルトンファイバーの中に血管のようなワイヤーが無数に埋め込まれた北欧製のヴァイブを、振動させながら少しずつ彼女のヴァギナに埋めこんでいく。水蜜桃のようにふっくらとバランスよく盛り上がった白いヒップが、かすかに持ち上がり、ゆっくりともっとも感じる子宮口へと透明なペニスを飲み込んでいく。最後に思い切り力を入れて、底の襞を貫いたとき、セイラがあたしの名前を呼びながら両手をシーツについて、背中を大きく弓なりにする。彼女はオーガズムへと浮上していくときに、腰から頭にかけて描くカーブの曲線率が快感の大きさと比例するのだと言った。

小鳥のような甲高い囀《さえず》りが彼女の唇から漏れはじめると、あたしはヴァイブの角度を変えながらピストンを続け、左手で乳首やクリトリスを羽根のように軽く弄《いじ》る。彼女の背中のカーブが少しずつ三日月形になっていき、頭を後ろにのけぞらしながらトランス状態のように首を大きく振ると、がくっと腰が大きく揺れた。頂点に達したのだ。ヴァイブを締め付けていた力が急速に失われ、セイラは荒い呼吸で胸を波打たせ、振り向いて舌をまさぐりながら濃密なキスをする。そのキスのためなら、あたしは死んでもいい。

深夜、部屋のバルコニーにリクライニング・チェアを持ち出し、満月を眺めながらジンジャーエールを飲む。吹き渡る風には花の甘い香りがむせ返るほどだ。

この短い黄金の時間を、心行くまで味わいたい。空気の匂いも風の感触も、残さず細胞に浸透させておきたいと思う。そんなことは、これまでの男たちと付き合っているときは考えたことすらなかった。

ふと下を見ると、このマンションの駐車場に、鮮やかなコバルト・ブルーのポルシェが滑り込んでいくのが見えた。一体、ここの住人の年収はどれぐらいなんだろう、という疑問がふと頭に浮かぶ。初めてオートロックの瀟洒《しょうしゃ》な建物に足を踏み入れたとき、あたしは再び彼女の生活の資金がどこからまかなわれているのか、不思議に思った。一人暮らしに不釣合いな3DKの広々としたマンションはまるで輸入建築のモデルルームだ。ダイニングにはスケルトン・テーブルの周りにハリー・ベルトイアのダイヤモンド形ワイヤーチェア。寝室にはメタリックな銀色に光る格子背板の大きなベッド。流線形のバスタブはまるでシンクのような銀色のステンレス。

何もかもメタリックな金属とスケルトンばかり。まるで宇宙船の中にいるようで、生活している人間の温もりはまったく感じられない。

家賃をたずねると、セイラは肩をすくめて首を横に振る。

「親戚がこのマンションのオーナーで、借り上げ社宅として条件にあう外国の企業が見つかるまで住んでいいことになってるの」

彼女が冷蔵庫から「LORINA」の瓶入りフレンチレモネードを出し、グラスに氷を入れている間、あたしは何気なく白いワイヤーシェルフの本棚に並んでいる本を眺める。ボードレールやリルケの詩集に、看護学や心臓外科治療関係の専門書と、ヴォーグやフィガロといったファッション雑誌のバックナンバー。それからこの部屋に不似合いな一冊の古い絵本。表紙には「ミラクル」という銀色の文字が入っていた。

セイラがフレンチレモネードを入れている間、好奇心にかられたあたしはその絵本を手にとり、捲ってみる。

あなたはだあれ？／君はだあれ？
あたしはミライ／ぼくはククル
あなたは金髪／君は赤毛
だけどおかしいあなたが笑うと／何か変だな君が怒ると
同じように／同じように
笑いたくなって／身体が弾けて
あなたの後ろに／君のずじょうに
海があって／山がそびえて
小さな罪も／大きな望みも
双子のように／ひとつにまじる
いつのまにか／ふたりでひとつ
きょうからふたりは／空飛ぶミラクル

みんなが指差す／ぼくらの影を
さあ一緒に／歌をうたおう
手と手をつなぎ／肩を組んで
小さな声で／大きな声で……

声に出して読んでいくうちに、あたしは説明のつかない奇妙な眩暈と恐怖感に駆られた。言葉の反復で畳み掛けるように続く二人の言葉が、まるで魔術の呪文のように頭をぐらぐらさせるのだ。太いシンプルな線の挿絵で、二人並んだミライとククルが描かれている。黒い角と長い尻尾を生やした金髪の男の子と、赤毛をおかっぱにした女の子は、殆ど円の顔と三角の体、それに手足は線という単純化された落書きのような絵だ。二人の後ろには黒い森が、そしてそれに連なる高くて険しい山並みが続き、空には乱雑に塗り潰された林檎《りんご》のように赤い太陽が輝いている。

「それ、小さい頃、何百冊も本を持ってるおじさんにもらったの。みんな本屋では売ってない珍しい本ばかり」

グラスに注いだフレンチレモネードをあたしに差し出しながら、セイラが無邪気な微笑を浮かべながら言う。

「読んでると何だか、気持ちが悪くなってくる。言葉で洗脳されていくみたい……」

セイラはあたしの手から本を受け取り本棚に戻すと、まるで羽毛が詰まっているように柔らかい白いレザーのソファに座らせる。あたしは「ミラクル」の言葉を頭から消そうと努めながら、煙草に火をつけた。

「あなたって不思議。こんな部屋に住んでてお金にも不自由してないのに、どうしてナースをやり続けてるの？ あたしなら、とっくに辞めてる」

彼女はあたしの膝に頭をのせて横たわり、子猫のように丸くなる。その姿があまりに可愛らしかったので、あたしは波打つ艶やかな髪を指でかき乱す。セイラは小さなあくびをしながら言った。

「みんながあたしにお金や部屋や服を贈りたがる。ただそれを拒まないだけ」

「その代わり……彼らと寝るの？」

あたしは胸を焦がす嫉妬にかられて、ためらいながらたずねる。たとえ金のためでもセイラが男に抱かれている姿を想像するのは耐えられないほど苦痛だ。

「まさか。せいぜい食事をするぐらい。彼らはあたしに性欲の捌《は》け口を求めてるわけじゃないの。夢物語が欲しいだけ。それに言ったでしょ。あたしは男と寝ることに興味がないって。大切なのはあなただけ」

「本当？」

彼女は返事をする代わりにあたしのスカートを捲り上げて下着の間から指を差し入れ、クリトリスを小刻みにさすり始める。それから両足を開いて膝を立たせ、舌を割れ目にそってゆっくりとヴァギナまで滑らせていく。もう何時間もお互いの快感のために奴隷のように奉仕しあい、際限のないオーガズムの甘い海に浸っていたのに、それでもセイラに愛撫されると、また貪欲《どんよく》に欲しくなってしまう。

お互いに服を脱がせあってソファの上にもつれあったとき、あたしは彼女が心と肉体にもたらす歓びからもう離れられなくなっていることを悟った。

VII　天藍石

Seira Hosho

空からピーチミルク・カクテルのような俄《にわ》か雨が降っている。
あたしはジェット機の窓際に座って翼の向こう側に見える、くっきりと青空に美しい弧を描く虹を見ていた。ガラスに額をつけて見下ろすと、雲の上に隙間なくレテノールモルフォ蝶の真っ青な羽根が花びらになったような大輪の薔薇《ばら》が咲いている。雨粒は金色に光りながら薔薇の上に降り注ぎ、花は生きた蝶のようにひらひらとはためく。

機体が乱気流にぶつかって大きく揺れ、その拍子に左の翼がめりめりと音をたてながら裂け、骨折した鳥の羽のようにだらりと垂れ下がる。身体は直角に左に傾《かし》ぎ、機体は少しずつ高度が下がっていく。

もう駄目だ。心の中で絶望的に呟く。でも、やがて窓の外が黄色一色に埋め尽くされジェット機は薔薇の棘《とげ》だらけの蔓《つる》に絡めとられてようやく静止する。非常口が開き、救命胴衣をつけて外に飛び出すと、ピーチミルクの雨があたしの髪や白いシャツを淡い薄桃色に染めて雲に降り注ぐ。眩暈がするほど明るい青の光を放つ薔薇を踏みしめながら歩いていくと、虹の赤い柱の前に「彼」が立っている。

なぜか、「彼」の頬に涙が伝っていて、あたしは心に湧き起こる思いをこらえきれず、思わず黒衣を纏ったその身体を両手に抱きしめている。

「ずっと探してた」

耳元で囁くと、「彼」は涙に濡れた澄んだ眼であたしを見上げ、「連れて行って」と言う。

「どこへ?」

そうたずねると、彼は眼下に広がった赤銅色に暮れなずむ都市を指差す。あたしは彼の手を握って、虹の柱の扉を開ける。蛍石のエスカレーターに飛び乗って、いぶし銀で怪物や豚の顔をかたどったゴシック装飾の手摺《てす》りにもたれ、果てしなく伸びた雲海をどこまでも下っていく。あたしたちの目指すあの土地は、楽園を追放された者たちの「約束の地」なのだ。

仮眠室でそんな奇妙な夢から醒めたあたしは、遅番の巡回のために薄暗い通路に出る。

夢の中の「彼」の顔をどうしても思い出せないけど、あれは一体、誰だったのか。

五〇七号室のドアをそっと開けると、イブキはまだ起きていてあたしに微笑みかけた。多分、寝ずに待っていたのだろう。体温計を脇の下に挟み、数字を読む。

「三六・七度。昨日から微熱が下がらない。具合はいかが？」

「気分はいつも通り。ちょっとだけ頭がぼおっとしてるけど」

「首筋や額に寝汗をかいてる。身体によくないから拭《ふ》きましょう」

給湯室から洗面器に湯を汲《く》んできて、絞った熱いタオルでベッドに座った彼の背中や胸や脇の下を丁寧に拭く。何の個人的感情も介入しない、ナースとしての役割意識からの行為に、個人的な感情をほんの少し混ぜた微妙な距離感で。でも、腕や背中を優しく摑んで母親のように擦《さす》る感触は、当然、それ以上の生暖かい何かを心に湧き上がらせるはずだ。異性の接触が生む皮膚感覚がエロティックなのは、ただ性的なイマジネーションばかりじゃない。もっと根源的な母に抱かれた記憶を呼び覚まし、社会的に取り繕った理性をかなぐり捨てさせるから。

そう、あたしはあなたの母親。あなたは、あたしに何もかも委《ゆだ》ねた無力で愛に餓《う》えた子供。何も隠さないで。心の中のすべてを曝け出して、あたしに見せて……。

タオルを拭く手が彼の首筋に移ると、イブキはふいにその手首を優しく摑み、真剣にあたしを見つめる。この間の、突然のキスの忘れかけていた余韻が、再び鮮烈に蘇ってくる。

「もしぼくが君を……」

イブキはそう言いかけて言葉を飲み込んだ。あたしは彼の気持ちを受け入れる暗黙のサインとして、全身の力を抜いて彼にもたれかかる。彼はあたしの頰を両手で引き寄せて、そっと唇を重ねた。

胸と胸が重なり、激しく動悸《どうき》がしている心臓の音がはっきりと伝わってくる。イブキの欠損した心臓が破れてしまいそうなほど。

「君とこの病院で出会ったのは、きっと偶然なんかじゃない。人生の最悪の時に、ずっと夢見ていた最高の人と会えるように、守護天使が仕組んでくれたんだ」

イブキはその黒々とした切れ長の眼に、深い感情をこめて囁く。あたしは戯れるように彼の下唇を軽く嚙《か》み、微笑んでみせた。

「今日の真夜中、またここに来るから」

抱きしめた手を離そうとしない彼からゆっくりと身を引き剝《は》がし、あやすようにその髪を撫でてから足早に部屋を立ち去る。


ナースステーションでカルテの整理をしながら、あたしは迷っている。

今夜、またイブキの所へ行くと約束したのは失敗だった。彼はこれまでの男たちとは違い、弁護士という「向こう側」の人間なのだ。余りゲームを長引かせたり、深入りを許すことは危険を呼び込むだけだ。

彼の担当になってから二カ月が過ぎた。本当ならもうゲームはクライマックスを迎えているはずなのに、あたしは何をぐずぐずしているのか？　練り上げた計画をぶち壊すわけにはいかない。でも、もう少し。あと少しだけ……。

深夜一時を回った頃、五〇七号室のドアを静かに開けると、ぼんやりとした白い人影がベッドの上で起き上がるのが見えた。あたしが枕元にひざまずき、イブキの顔に頰を押し当てた時、彼は感情を抑えきれずにあたしを強く抱きすくめてきた。

「ずっと君のことばかり考えてた。君がそばにいないと、自分が半分しかないような気がする」

あたしたちは抑えつけた磁力が解き放たれたかのように、激しく唇を求めあう。病院が目覚める夜明けまで、誰も邪魔は入らないはずだ。

「あたしも、男の人に本気になったのは初めて。いつも好きだと言われて、相手の情熱に流されてきたけど、心の奥は冷えてた。本当にあたしを理解して受け止めてくれる人なんかいないって」

ブロードウェイのミュージカルのようなそんなセリフを、もう何十回、繰り返してきただろう。好き。アイシテル。あなたがいなければ生きていけない。多分、全部ほんとうだった。でも結局、最後は全部うそになった。

「君を抱きたい」

彼は低い声でそう囁きかける。あたしの身体も抱かれたがっている。純粋に、ひたむきに、そして気まぐれな欲望のままに。でも今はまだNG。その代わり、歯止めがきかなくなるほど燃え上がらせてあげる。あたしはひざまずいて、彼のパジャマのズボンを下ろしはじめる。

「あなたの心臓を悪化させたくないから、今はセックスできない。でも気持ちよくしてあげたいの」

あたしがベッドにしゃがみこみ股間に顔を埋めると、彼は驚愕《きょうがく》して顔を上げさせようとする。

「やめてくれ、君にそんなこと……」

だが、あたしは微笑みながら首を振る。

「あたしの気持ちを表現したいだけ」

「君はとても手の届かない人だと思ってた。どんな偏屈な奴だって君を見たら好きにならずにはいられない。本当にこんな男でいいのか？」

あたしはペニスの先端にキスをしながら首を振る。

「私もあなたに聞きたい。本当にあたしみたいな女でいいのかって」

少しずつ指と唇の愛撫が速く強くなるにつれて、全身の血液がそこの一点に集まったかのように硬さが増し、膨張の度合いが大きくなっていく。このままでは、彼はあとわずかな時間でいってしまいそうだ。

イブキは上半身を起こして、あたしの白衣の胸元に手を差し入れ、ブラジャーをずらして乳首を丹念に愛撫する。淡い桜色をした感じやすいそこは、すぐに反応して突起する。彼は乳首を口に含み、指をスカートから差し入れて下着の中をまさぐろうとした。

「駄目。そこまで行ったらもう止まれなくなる」

あたしは優しく彼の手を摑んで押し戻しながら、そう囁く。それでも彼は一旦、雪崩《なだれ》を打ちはじめた圧倒的な欲望を押し止《とど》めることができず、あたしの身体を押し倒そうとしながら懇願する。

「止まれなくてもいい。心臓なんかパンクしてもいいから、今、君を抱きたいんだ」

「あたしはナースだから、あなたの命を縮めるなんてできない」

あたしは彼の手から身を振りほどいてベッドから降り、乱れた白衣を元に戻す。彼の瞳に映るあたしは、愛撫をせがむ媚態と、包み込むような慈愛が入り混じっているはずだ。

「ごめんなさい。あたしがあなたに火をつけたから。でも、この先は身体がよくなるまで待って」

「謝るのはぼくのほうだ。悪かった。君が欲しくて狂いそうだった。軽蔑されそうで怖いな」

あたしはきびきびとしたナースらしい仕草で、彼の毛布をかけなおす。

「好きな人に求められるのはうれしい。だからあたしのために一日も早く良くなって」

病室を出てから洗面所の鏡の前に立ち、白衣の乱れを直して口紅を塗りなおした。素顔を隠すパーフェクトなメイクは、いつもあたしを精神的に支えてくれる。

主導権をとれなくなったら終わり。

ゲームがゲームでなくなったら、あたしはすべてを失うのだ。

王女ミライは地球の男なんかに決して心を明け渡しはしない。

VIII　金翅蝶　*Ibuki Domoto*

闇の中で脈打つグロテスクな異形《いぎょう》の生き物。レントゲン写真に写ったぼくの心臓は、そんな風に見える。担当のナガセ医師は中央にある肺動脈と大動脈の付け根を棒で指し示してみせた。

「浮腫や動悸がこの二、三日、また顕著になっています。いつまた悪化するか分からない不安定な状態では、仕事への復帰は難しい。私としては僧帽弁を広げる安全な手術を勧めたいのですが」

病室で淡々と説明する医師の言葉が、セイラと気持ちを確認しあった五日前の夜以来、舞い上がっていた自分を重苦しい現実に引きもどす。

「つまり……心臓の状態はこれまで以上に悪くなっていると？」

医師は眉根にシワを寄せ、曖昧に首を傾げる。

「今の段階でははっきりとはいえませんが、このまま浮腫の症状が続くなら、そういえるかもしれません」

「手術は、できるだけしたくない。嫌な思い出があるんです。少し考えさせてください」

ぼくは力なくそう答える。

医師が出て行くと失望に打ちのめされ、ベッドに横たわって眼を閉じる。なぜか子供の頃の記憶が一気に蘇ってくる。もしかしたら、もう死期が近いのかもしれないとすら思う。

ぼんやりと霧がかかった向こうに、野球帽を被《かぶ》った九歳のぼくが静かな街の銀杏並木を歩いている。ぼくの隣には女の子と間違えるほど端麗な顔立ちをした二歳年下のカイジが歩いていた。その日ずっとぼくと眼をあわせようともせず、テーブルの上の料理を無言で睨み付けていたカイジは、相変わらず自分の影をじっと見詰めている。

ぼくたちの前には父とまだ若々しく美しい、淡いライムグリーンのシフォンワンピースを着た義母が仲むつまじく歩いている。母が死んで二年経ち、父が新しく母になる人に会わせるからと、青山のレストランにぼくを連れて行った帰り。父はぼくとカイジにいつになく気を遣い、玩具《おもちゃ》ショップで何か買ってあげると言って、店を覗きながら青山通りを原宿方向に歩いていた。

年長のぼくはカイジに何か話しかけなければと気ばかり焦っていたが、何ひとつ考え付かない。大体、彼がファミコンのゲームの中で何を持っているのか、野球カードを何枚集めているか、サッカーのルールは知っているのか、夜、眠るときにお化け払いのお呪《まじな》いをするのかどうか。何ひとつ知らないのだ。そんな相手に話すことなんか、見つかるわけはない。それにぼくは父が再婚することがひどく気に食わなかった。母が死んでからまだ二年しか経っていないのに、父はもう母のことを忘れる決心をしたのだろうか？

だから、ぼくはジャンパーのポケットに手を突っ込み、俯いたまま無言で歩き続けた。

もしこのとき、カイジに話しかけていたら、成長してからのぼくたちの関係は大きく変わっていたはずだ。彼はまだ幼くてひ弱く、自分が新しい家族に受け入れられるかどうか怯《おび》えていた。でもぼくは彼を、そこにいないかのように無視した。多分、カイジは深く傷ついたに違いない。一緒に住むようになってからも、彼は決して素顔を見せることはなく、いつもどこか構えた態度でぼくや父に接していた。

ぼくはそんな義弟に苛立ち、幾度となく険悪な関係になった。父と義母はいつも、美しくて華奢で「まだ小さいあの子」の味方をし、ぼくを叱《しか》った。

今でも覚えている。

父が再婚して最初のクリスマス・イヴの夜。海外に住んでいた遠縁の叔母《おば》が家を訪ねて来たとき、彼女は父が再婚したことは知っていたが連れ子がいることは知らなかったので、ぼくにだけ贈り物を買ってきたのだ。それは夢のように美しいタミヤ二十分の一コレクターズ・クラブのマクラーレン・ホンダだった。白と赤の車体にはスポンサーのロゴが印刷されていて、おまけに運転席には黄色のヘルメットを被ったアイルトン・セナの人形が座っている。メタルダイキャストで作られた二十分の一の精巧な車体は、今にもあの高らかなエンジン音を響かせて、ポールポジションから飛び出しそうだ。

ぼくが感動のあまり口も利《き》けずに、うっとりとテーブルの上のミニチュアカーを眺めていると、ふいに居間の入り口にカイジが立っているのに気づく。叔母と両親もぼくの視線を追って振り向いた。彼は無言のままじっとマクラーレン・ホンダを見詰め、やがて大きな眼にあふれ出た涙を拭《ぬぐ》おうともせずに、くるりと向きを変えて階段を駆け上っていく。

「ごめんなさい、もう一人お子さんがいることを知らなかったの。きっと悲しい思いをしてるわね。どうしたらいいのかしら」

叔母は自分の失敗に気づき、うろたえて立ち上がる。父はぼくの顔を覗きこむように、強い口調で言う。

「イブキ、お前はお兄ちゃんだから、この車をカイジに譲ってやりなさい。お父さんが明日、同じものを買ってきてあげるから」

「嫌だ」

ぼくははっきりと宣言して首を横に振る。

「いつもいつも、皆でカイジに優しくして、どうしてぼくばかり我慢しなくちゃいけないの？　あんなの嘘泣きだよ。あいつは欲しいものがあると、いつも嘘泣きして手に入れるんだ。そんなの卑怯《ひきょう》で汚い……」

ふいに父の平手打ちが頬に飛んできて、ぼくは後ろに大きく仰《の》け反る。顔が燃えるように痛んだが、それよりも屈辱感の方がはるかに勝っていた。生まれて初めて父に殴られた。それも訪問客の前で……。ぼくは涙をこらえながら部屋を飛び出し、左右違うサンダルを履いて家の前の坂を駆け下りた。みんな、カイジに騙されている。あの怯えたような睫の長い大きな眼が、彼を天使のようにピュアな子供に見せるけど、本当はすべて計算ずくなんだ。あいつは欲しいものを効果的に手に入れる方法を、いつでもちゃんと知ってる。

日が暮れるまで、ぼくは小学校の校庭のジャングルジムの上にいた。このまま一生、家に帰りたくない。あの家はもう、カイジのものなのだ。愛情もクリスマスもゲームも、何もかも彼を喜ばせるためだけに存在している。遠い街の空に雲が厚く重なり合い、沈み行く太陽の茜色が裏側からランタンの光のように放射して、ぼくの赤く腫《は》れた頬や校舎を照らしている。

銀のブーメランのように尖った三日月が夜空の中空に昇り、十二月の冷たい風がセーターを通して身体の奥に染み込んできた頃、父親がぼくを探しに来た。

「夕食の時間だ。帰ろう」

ぼくは彼に腕を掴まれ、家に帰るまでの間に、心の中心を占めていた何かを捨てた。子供時代は十歳で終わりを告げ、その日からぼくは決して自分の甘えを親に見せない、子供の顔をした大人になった。そしてカイジにいつも兄として優しく気を遣い、庇ってやるようになる。でもそれは微妙なバランスの上に立った兄弟関係だ。ぼくたちはいつもお互いが本音を見せていないし、心を許してもいないのだと分かっている。両親を納得させるというただそれだけのために、結ばれた暗黙の協定のようなものだ。その仮面の関係は、大人になった今でも、そのまま続いている。

ぼくはカイジが本心では何を望んでいるのか知らないし、彼もぼくの本当の望みを知らない。それでも傍目には仲のいい兄弟として、まるで終わりのない劇の舞台に立つ俳優のように振舞っているのだ。時々、窒息しそうに苛立つこともあるが、ぼくにはその役を放棄する権利は与えられていない。

記憶の連鎖が引き起こした物思いの時がすぎると、ぼくの思考は再びシリアスな重い現実の二者択一に舞い戻る。もし手術を受けて何の心配もなくセイラと新しい生活をスタートし、仕事に打ち込めるのなら……。やはり手術を受けよう。気持ちが傾きかけたとき、ノックの音が聞こえ、学生時代のように白いコットンシャツとジーンズを着たアキヒトが遠慮がちに入ってくる。

「済まない。入院中に何度も邪魔をして。でも、京都に戻る前に、どうしても伝えたいことがある」

ぼくはベッドサイドのスチール椅子に座った彼の表情を一瞥して、セイラのことだと悟る。彼は昔から、切り出しにくいことがあると、眼を伏せたまま喋る癖があるから。彼は椅子をぼくの枕元に寄せ、聞き取りにくい小声で話しはじめた。

「長年の友人として忠告する。今すぐ、この病院から他所《よそ》に移るか、担当ナースを替えてもらった方がいい。宝生聖良は京都の事件ばかりでなく、過去、働いていた三つのどの病院でも、医療ミスによる患者の死亡事件に深く関わっている」

ぼくは無言のまま、アキヒトの陽に焼けた精悍《せいかん》な顔を見つめる。彼がセイラについてどんな残酷な真実を話そうと、彼女への想いを断ち切ることは不可能だとよく分かっていた。たとえ犯罪者であっても、ぼくはもう彼女の側に立っているのだから。

「三人の死亡患者には共通項がある。それは全員、宝生に心底惚れ、骨抜きにされていたということだ。しかも宝生は仲のいい同僚を巻き込んで、患者が死に至る原因を必ず別のナースに分散させている。ぼくは五年前、宝生が金沢の大学病院にいた頃の同僚に会った。ここでは強心剤の誤用で患者が死んだが、宝生が事実と違う症状の報告をしたため、医師が判断ミスを下したらしい。だが、彼女は宝生と同性愛の関係にあったため、恋人を庇って口をつぐんでいたんだ。他の二件も、似たような状況だ。

そして四人目の死者が出る可能性が出てきた」

　アキヒトは完全に狂っている。彼の言葉の意味するところはこうだ。彼女は故意に医療ミス事件を起こし、自分を愛した男たちを殺してきた。お前は今、セイラに盲目的な恋をしている。だから、もうすぐ他の三人と同じように殺されるだろう……。

「馬鹿げてる。人間は動機も目的もなく、ただ自分を好きになったというだけで、三人も殺せない。一体、彼女にどんなメリットがあるっていうんだ。金か？　復讐か？　あいにく、ぼくにはどちらもあてはまらないよ。それに彼女に恋をしている男なんて、数え切れないほどいるだろう。君だって彼女を一目見れば……」

「もうとっくに見てる。こっちの正体を気づかれないようにね。確かに夢のような美人だ。愛らしくて儚げで気品があって、抱きしめたくなる。あんな吸い込まれそうな大きな瞳は見たことがない。でも君だって素人《しろうと》じゃないんだ。女優顔負けの美しい犯罪者が歴史上、何人もいることを知ってるだろう。美は善だというイメージが見る者を束縛する。相手はそれに付け込む」

「もうやめてくれ」

　ぼくは両耳を塞《ふさ》ぎ、吐き捨てるように言った。

「君が完全無欠の物証を目の前に突きつけない限り、ぼくは信じない。いや、もしそうなっても、ぼくはきっと……」

「分かってるよ。恋をしている相手がたとえどんな悪魔の闇を持っていても、相手を心から締め出すことは不可能だ」

　アキヒトは同情をこめた静かな口調で、ぼくの肩に手を置く。

「でも、だからこそ君が狙われる。君は昔から純粋で理想主義のところがあって、犯罪や不正は憎むが、一度心を許した人間の裏側からは眼を背けようとする癖がある。宝生にとっては抵抗できない赤ん坊みたいなものさ。でも、頼むからもっと冷静になってくれ。宝生聖良は動機なき殺人者だ。最高裁では必ず彼女の犯罪をすべて暴いてやる。ぼくの弁護士生命をかけて」

　その晩はアキヒトの言葉が頭の中でぐるぐる回り続け、一睡もできなかった。ふいに胸が締め付けられるように痛みはじめる。二日前の夜から、これで三度目だ。胸に手を当て、冷や汗を浮かべながら、何とかやり過ごそうとする。だが、今度の痛みはこれまでと違い、執拗《しつよう》に心臓の中心部をいたぶりながら次第に激しくなっていく。心不全が悪化しているのだ。ぼくの身体はもう取り返しがつかないほど、壊れてしまったのだろうか？　朦朧とした頭でそう考えながら、ベッドの上で身体を石のように強《こわ》張《ば》らせ、枕元のナースコール・ボタンを押す。

数十秒後、誰かが枕元に立って「大丈夫？」と囁きかけ、額に手を当てる。

激痛の中でようやく首を巡らせて見上げると、大きな眼に不安と慈しみを宿したセイラが、泣き出しそうな顔で立っていた。

IX

菫青銀河

Kaiji Domoto

体長二メートルの真っ白なノコギリ鮫が、ゆったりと尾を振りながら近づいてくる。真っ青な底を映すプールの水面に、ティラノがアルビノ特有の艶やかな陶磁器のような背中を見せ、尖った刃先のような口をゆっくりと左右に振る。腹が減っているから早く餌をくれとねだっているのだ。

俺は鉄格子の扉を開けて、十五メートルプールに生きたサバとイワシを十匹ずつ放り込む。魚たちは自分の命が危険に晒《さら》されていることを本能的に悟ったらしく、一斉に群れをなしてプールの隅に逃げ込んでいく。だが、死神はもうすぐ背後に迫っている。ふいにティラノが眼にもとまらない速さで魚群に飛び込んできて、三十センチ以上ある太ったサバを牙で嚙み裂き、左右に振り回してあっという間に仕留める。サバの身体から流れ出た血が周囲を紅い靄《もや》で覆い、美しい青の世界は一瞬にして殺戮《さつりく》現場と化す。

セイラは階段の踊り場からプールを眺めていた。彼女が笑っているのを見て、俺はひどく奇妙な感覚を抱く。彼女が笑うことなんて滅多にない。それは逆に、俺を不安に陥れる。

竹芝埠頭の近くにある石を積んだ古い倉庫を塗り替え、内装を新しく変えたこの建物に、人が住んでいるとは誰にも分からないに違いない。俺がここを選んだのも、ティラノを飼うためにプールが作れる広さと、誰にも邪魔されない閉ざされた空間が欲しかったからだ。

ティラノの食事が終わると、俺は彼を檻《おり》の中に閉じ込め、絶えずろ過され海水と同じ成分に調整されているこのプールに飛び込む。ワンピースを脱ぎ下着姿になったセイラも、すぐ後に続く。

ティラノは飼い主と獲物の区別がつかず、こっちに突進してこようと檻の鉄枠に身体をぶつける。もし彼を檻から放したら、最初はどちらに襲い掛かって肉を引きちぎるのだろうか。俺たちはそんな妄想を楽しみながら、水中で下着を脱がせあい、そして傾斜がついて浅くなった飛び込み台の壁に摑まった彼女の身体を後ろ向きにして、強引にインサートする。前戯もキスもなく硬く勃起したペニスを、彼女のヴァギナに押し入れ、まるでレイプしているように荒々しく腰を動かすと、やがて彼女の小さな口から低いあえぎ声が漏れはじめる。

セイラに一時間近く終わりのない絶頂を味わわせたあと、プールサイドのビニールマットの上に引き上げて、後ろから激しくフィニッシュした。

荒い息に胸をうねらせ、ぐったりと死んだように横たわっている彼女に、耳元に息をふきかけながら名前を呼ぶ。

「この姿を、お前が天使のように清純で無垢だと信じ込んでいる病院の患者たち、特に義兄のイブキに見せてやりたい。心底、惚れ込んでいる女のこんな呆《ぼ》けた顔を見たら、きっと壊れかけた心臓が破裂するほど悲しむだろうさ」

セイラは無言で焦点の合っていない薄目を開ける。

「そろそろ、始めた方がいいんじゃないか？　医者が手術を勧めてるらしい」

シャワールームで身体を流して、バスタオルで髪を拭きながら俺は言う。

「指図されるのは嫌いだって知ってるでしょう」

セイラの濡れた金色の産毛が額に張り付き、後光のように輝いている。オーガズムで上気した頬は桜色に染まり、唇はいつにも増して艶やかだ。

俺はその顔を見るたびに、十五歳の彼女と初めて会った日のことを思い出す。

その頃、俺は毎晩のように台場のクラブに通って金のありそうな女を拾ってたかってた。俺の中身と正反対の甘いルックスは、ナンパには絶対的威力を発揮する。誰もが俺を女みたいにキレイで傷つきやすく、ピュアで優しい男だと勘違いしてくれるから。

俺はいつも自分をよそ者の惨めな気分にする家が大嫌いで、一秒たりともいたくなかった。でも「愛」なんていう言葉を持ち出して縛ろうとする女も、たまらなくうっとうしかったから、次々に女を乗り換えて部屋を渡り歩いたのだ。

家族を憎んだのは、兄の堂本維吹紀のせいだ。血の繋がっていない俺が、義父に自分より可愛がられるのが悔しくて仕方ないくせに、偽善の仮面をつけて優しく面倒見のいい兄の振りをする。でもいつも眼だけが笑わず、俺には兄の「こいつを殺してやりたい」という暗い本心が透けて見えた。彼が俺を苛《いじ》めないのは、ただ家の中で自分の立場が悪くなるというそれだけの理由だ。兄弟愛なんか一かけらもない。だから俺も彼を憎んでいる。お互い様ってことだ。

仲間の一人が会社員と一緒に来ていたセイラを、強引に誘って俺に引き合わせた。

会った瞬間、俺たちはお互いに、紛《まぎ》れもなく同類の生き物だと直観で悟ったのだ。見たこともないほど大きな澄んだ眼の、愛くるしい美貌。真っ白な肌。すんなり伸びた手足。天使のような外見にもかかわらず、その黒々とした瞳は決して本心を映し出さない。

仲間たちはセイラの美しさに夢中になっていたが、俺だけは騙されなかった。彼女は家畜の群れの中に紛れ込んだ野生獣のように、この社会の何物にも縛られない荒々しい本能の力に従って生きているのだ。

俺たちはクラブを抜け出し、台場公園の暗闇に紛れて何度もセックスをした。お互いの細胞がお互いを磁石のようにひきつけ、眼を見るだけで相手の望んでいることが分かる。そんなセックスは初めてだった。俺は生まれて初めて自分のすべてを預けられる女に出会ったのだ。

セイラもまた母と祖母に金のため、幼い頃からＣＭや雑誌のアイドルとして売り出され、大人たちの潜在的な欲望をくすぐる演技を身につけて育ってきた。そして本心では、他人を自己愛の道具にしようとする、すべての人間を憎んでいる。

十五歳にして彼女はすでに人間のあらゆる心理を解読する知力と、美貌にひかれ近づいてくる他人を、最大限に利用し道具にする術を身につけていたのだ。セイラにとって自分の美貌は豹《ひょう》の斑点《はんてん》のように当然の資質であり、それに群がる人間たちの愚かな弱さや自己愛は滑稽で軽蔑すべきものだった。

だが、俺だけは彼女の美しさに媚を売ろうとしなかった。俺自身が自分の美貌に媚を売る退屈な女共に、心底うんざりしていたから。だからセイラは俺を、彼女と対等な雄と認めたのだ。

その日から、何度も別れたりよりを戻したりを繰り返しながら、七年の時が流れた。俺たちは麻薬のようにお互いに依存しあっていて、一定の期間以上、互いの匂いや眼差しや肌の体温と離れていると、気が狂いそうになる。彼女が他にパトロンがいることも、いつも複数の取り巻きをいいように利用していることも知っている。そして俺も数え切れない女たちに狂うほど愛させて、消耗品のように利用しては捨ててきた。それでバランスが取れる。俺たちにとってはモラルや忠誠なんか、まったく無意味だ。

どこまでも瓜《うり》二つの双生児。

時々、何時間も終わらない肉体をぶつけあうような激しいセックスをし、それぞれの爪跡を身体と心に残す。何もかも分かりあってるから、それで充分だ。

セイラがようやく立ち上がりプールサイドに雫を垂らしながら、ティラノが閉じ込められた檻に向かって歩いていく。

「さあ、自由にしてあげる。十五メートルだけの自由だけど、人間たちの窒息しそうな世界に比べたらここは天国でしょ」

彼女が檻を引き上げる自動装置を押すと、ティラノは矢のような勢いで広い水の中に飛び出していく。手袋を嵌《は》め、バケツから三匹の生きたサバを一挙にプールに放す。アルビノの鮫は荒々しく踊るように、次々にサバを嚙み裂き、あっという間に細かく引きちぎって貪欲に飲み込んでしまう。まだ眼の周りのピンク色の上気に快感の余韻を残したセイラは、虚《うつ》ろな微笑を浮かべながら、プールの手すりに頰杖《ほおづえ》をつき、水の間《あわい》の中の小さな地獄を見詰めていた。

X　亜麻色　*Chiharu Kiribayashi*

冷やしたシェイカーにココナッツリキュールとブルーキュラソー、それにパイナップルジュース、ミルクを入れ、数十秒、シェイクしてからバカラのグラスに注ぐ。ブルー・コラーダ。あたしの一番お気に入りのカクテル。

家の近くのダイニングバーでカウンターに座り、黒服のバーテンが作り出す、エメラルド・グリーンの美しい酒をぼんやりと見つめている。彼が無言でグラスを差し出すと、ガラスの中の海を数秒間眺め、それから一気に飲む。頭の中の靄が音もなく晴れ上がっていくような気がした。このカクテルを教えてくれたのは誰だっけ？

そうだ、確か三年前、ナガセと金沢に旅したとき、彼が教えてくれたのだ。あの頃はまだ彼と一緒になれると信じていた。一緒に過ごす時間が純粋に楽しくて、彼の話に耳を傾けたり、手をつなぐだけで高校生のように幸せになれた。それがいつの間に、これほど心が何十キロも遠く離れてしまったんだろう？

午後九時三十分。今日は非番だったセイラから携帯に電話が入る。

「今日、夜勤なんだけど、凄く頭が痛くて。熱もあるみたい。インフルエンザかもしれない。悪いけど、夜勤を交替してくれない？　来週、あなたの夜勤を代わるから」

「分かった。十二時までに入るから、心配しないで」

他の相手なら、休日の夜に夜勤を入れるなんて、絶対に断る申し入れだ。でも彼女のためならあたしはそれぐらい苦痛とも思わない。セイラは特別なのだ。レズビアンという意識はなかった。肉体的にも愛しあう親友兼恋人。癒しと慈愛を与えあい、深く理解しあえる……。男は時がくればいつか別れがくるけど、きっと彼女とならずっとこの関係を壊さずにいられる。今のあたしにとって、本当に大切な人はセイラだけなのだ。

ナースステーションへ電話で引継ぎをしている間、セイラはひどく具合が悪いのを我慢しているように見えた。

「五一一号室のマキハラさんは午前三時に、点滴のパックを取り替えてね。それから五〇七号室の堂本さんはまた心不全の浮腫が出ているので、ナースコールがあったら

ＡＣＥ阻害剤の準備を。今日の宿直はナガセ先生だから、何か緊急連絡は携帯にかけて」

ナガセという名前を聞いて、あたしは一瞬、身を硬くする。

今はもうほとんど連絡もくれない彼と職場で顔をあわせることが、苦痛でしかなかった。終わりかけた不倫の相手なんて、彼にとってはただうっとうしく目障りなだけの存在に違いない。

彼女が更衣室に引き上げた後、あたしは手術後まもない五一一号室の患者の部屋へ行き、点滴液の残量を確かめる。ごく稀《まれ》にだが患者によっては規定の時間より、予想外に早くなくなっていることが多いから。異常はない。ナースステーションに戻って、夜勤の同僚のいれてくれたコーヒーを飲みながら、担当患者のカルテをチェックする。

堂本のカルテでふいに手が止まる。

先週の彼の投薬履歴が、昨日の午後、見たそれとどことなく違うような気がしたのだ。

「ジギタリス一・五ミリグラム、インデラル二〇ミリグラム、ジゴシン〇・五ミリグラム……」

薬品名の羅列された一番下に不自然な余白がある。そこに、何か別の薬品名が書かれていたのではなかったか？　だが、担当患者が何十人もいるのに、一人一人投与薬品の名前を覚えているなんて不可能だ。あたしは暫く記憶を辿《たど》ろうとしたが、やがて諦めた。

深夜、二度目の見回りで病室を見て歩く。五〇七号室のドアを開けたときベッドの軋《きし》む大きな音がして、堂本が胸を押さえつけ転げまわっている光景が眼に飛び込んでくる。心不全による狭心痛だ。あたしはベッドサイドに駆けつけ、彼の名前を呼びながら脈拍を測る。かなり速い。顔にはチアノーゼが出ていて、指先はぞっとするほど冷たかった。

あたしは彼に励ましの声をかけ、急いでステーションに取って返してナガセの携帯に電話する。

「先生、五〇七号室の堂本さんが心不全で激しい狭心痛を起こしています。チアノーゼも出ていて、かなり所見が進んでいるようです。至急、病室に……」

「インヒベースの注入と酸素吸入の準備。彼のカルテを持って来てくれ」

ポロシャツの上に白衣を乱雑に羽織ったナガセが、病室に駆け込んで来た時、堂本は呼吸困難を起こし、身体を二つに折り曲げて苦しんでいた。

「なぜこんなに急に……。よし、まずインヒベース一・〇、ジギタリス一・五を注射。それで収まらなければ、ディオバンを使ってみよう」

彼は素早くカルテをチェックし心臓の雑音と脈拍を聞いてから、酸素吸入を指示する。

女関係にはだらしないがオペの技術と判断力には定評があるから、患者やナースには医師としての信望が厚い。

あたしも最初は、その現場での病と闘う真剣な表情にひかれたのだ。

でも今、頭の片隅に何かが小さな棘のようにひっかかっていて、彼の指示が素直に受け取れない。インヒベース……ACE阻害剤……。それが何か分からず、あたしは混乱する。迷っている暇はなかった。堂本の症状は刻々と悪化している。あたしはナースステーションに駆け戻り、薬剤部調剤室へのホットラインを摑んで、夜勤の女性薬剤師に調合の指示を出す。

数分後、ボックストレベーターで病棟の運搬ボックスに着いたカンフルを持って、再び病室に走る。ナガセはカンフルから注射器に薬液を注入し、堂本の左手の上腕部を消毒して血管に針を落とす。あたしは苦しがって動こうとする患者を羽交い締めにして、針がずれないように必死に押さえかかる。ふいに呼吸困難に襲われたのか、頭をぐっと持ち上げた時、頭蓋骨《ずがいこつ》があたしの唇に当たり、死ぬほどの激痛が走った。唇が歯に当たって切れたのだ。

歯を食いしばっている堂本の理知的で端整な顔を見つめているうちに、ふいに理不尽な怒りがこみ上げてくる。この男はセイラに少年のような恋心を抱いているのだ。患者にも医師にも、彼女に憧れている男たちはたくさんいる。でも、堂本は彼女の担当患者だ。彼の世話をしている時のセイラは、彼に普通以上の好意を抱いているように見えた。セイラは同性愛者じゃない。本来はストレートだ。だからもし、この美形の弁護士に積極的に出られたら、あたしを裏切って彼に身を寄せるのかもしれない。

「これで少し様子を見よう」

注射が終わるとナガセは白衣の袖で額の汗を拭って、スチール椅子に腰を下ろす。

強心剤の効果か、堂本の呼吸困難や胸痛は少しずつ収まっていっているように見えた。やがて彼は、薄眼を開けてあたしの唇の血を見つめた。

「申し訳ない。さっきは苦しさで何も分からなくなって……ひどい血だ」

あたしは無理やり微笑を作りながら首を振る。

「いいんですよ。気にしないでください。それより胸の痛みはどうですか?」

彼は心臓を右手で軽く押さえ、眉根を寄せる。

「まだ少し痛みます。先生、ぼくの身体は一体、どうなっているんですか? 入院してからかなりよくなってもうすぐ仕事に復帰できると思っていたのに、また一気に悪くなった」

ナガセは眉根にシワをよせて腕を組み、首を傾げながら答える。

「私たちの治療法は正しいと確信しているのですが。なぜ心不全の発作が再発するのかはっきりさせるために、明日、もう一度、心臓の検査をしてみましょう。それに投与薬剤の副作用もひとつずつ、再確認したい。状態の変化で同じ薬が異なる作用を引き起こすことも考えられる」

堂本は無言で天井を見つめている。明らかに医師の言葉に納得できないのだ。

この美形の弁護士が、いっそ心不全で死んでくれたら、あたしはセイラの心を独占できるのに。ナースが決して考えてはならない禁忌の欲望が、あたしの心を支配する。でも一瞬後に、心のシャッターを閉じてその暗い思考の罠《わな》を締め出した。

危険だ。一度こういうことを考えはじめると、それを実行するためのチャンスが余りに多い職業だから。

「今夜は一時間おきに様子を見に来ます。安心して眠ってください」

あたしはそう言って、ナガセの後から病室を出る。

彼は宿直室に戻らず、あたしと一緒にナースステーションに入ってきてナース長の席に腰を下ろす。「コーヒーを入れましょうか?」と言いかけて言葉を飲みこむ。彼はパソコンを起動させて、ひどく真剣な顔で堂本のカルテを最初からスクロールしていた。

「チハル、うちのパソコンネットワークは逆検索ができるんだよな?」

いつもあたしを抱くときの呼び方。もう心は残っていないのに、職場でそんな風に呼ぶ彼が、急に憎くてたまらなくなる。

「逆検索?　どういう意味?」

「いや、つまり全患者のカルテをデータベース化してあって、キーワードから該当する患者の名前を呼び出せるかってこと」

「ええと……どうだったかな。ああ、病状や副作用のキーワードでならできます。リサーチ画面を呼び出して検索語を入れてみて」

すぐに思い出せなかったのは、そんな検索機能を使う人間が誰もいないからだ。ナースのパソコン利用はカルテの記録と勤務のシフト、それに薬剤の在庫照会に限られている。

「ありがとう」

ナガセはそう呟いて、キーを叩きはじめる。いつも白衣の下に黒いポロシャツを着た、うっすらと顎に無精髭を生やした彼の背中が、あたしの中に澱《よど》んでいる孤独な飢えを刺激する。彼を後ろから抱きすくめたら、どんな顔をするだろう。

なぜあたしを捨てたの？　今すぐあたしを抱いてよ。妻も子供も捨てて、あたしの所に来てよ。そう泣き叫びたい。でも決して、そんな風に感情を彼にぶつけはしないと分かっている。彼を医師として尊敬していたし、それに今はセイラのプライドが乗り移っていたから。あたしはセイラをナガセの身代わりとして愛しているのか？　ふと、そんな疑問が頭をかすめる。

コーヒーメーカーに湯を注いでスイッチを入れ、香ばしい粉の香りに一瞬の安らぎを感じる。ふいにナガセが低い呻き声を上げたので、驚いて振り向いた。

「何てことだ。堂本さんは過去三回も、ＡＣＥ阻害剤で副作用を起こしてる。それもぼくが非番の日ばかり……なぜ、このデータがカルテから削除された？　三回ということは、単なる人為ミスじゃない。明らかに意図的だ」

あたしは急いで医師の背中から画面を覗き込む。そこには「ＡＣＥ阻害剤　副作用血管浮腫」のキーワードで呼び出された「堂本維吹紀」の名前が三つ、並んでいた。日付は先月が二回と、今月が一回。つまり、一度カルテに書き込まれた記録が、ロボット型巡回検索エンジンには引っかかっているにも拘《かかわ》らず、その後カルテから消されたことになる。

「カルテの改竄？　ミスでないとしたら、一体誰がそんなことを……」

ナガセは気難しい顔で唇を引き結び、プリントアウトした検索画面を睨みつける。

「こっちのデータを信用するなら、彼にインヒベースやリシノプリルを投与したのは、命を縮めただけだ。チハル、今夜から堂本さんに血管浮腫が出ないか、気を抜かずに監視するよう明日の担当に伝えてくれ。ぼくからもナース長に話す。万一、顔や身体の浮腫がひどければアドレナリン投与、咽頭《いんとう》浮腫で呼吸困難になったら命に関わるから、迷わず挿管だ」

「はい」

彼は苛立ったように、白衣のポケットに手を突っ込んでステーションを歩き回り始める。

「何かがおかしい。ここのスタッフの誰かが、故意に堂本さんを悪化させようと仕組んでいる……いや、この悪質さはもしかしたら殺人目的かもしれない」

殺人と言う言葉が、あたしの背中に冷たい氷の塊のように滑り落ちていく。さっき、ほんの一瞬あたしの心に去来した、「このまま死んでしまえば」という邪悪な願望を、ナガセに見透かされたような恐怖感。

夜の病棟の静寂の中に、彼がステーションを出て通路を歩く靴音が、不気味に響き渡って吸い込まれていく。

翌日の検診の合間、ナース長はイブキを担当するあたしと早番のセイラを、治療準備室に呼び出す。厳しい表情のナース長がドアを閉めるために背中を向けた瞬間、セイラがこれから教師に叱られる小学生のように、悪戯な眼差しでちらりとあたしの顔を盗み見る。その顔が余りに可愛らしかったので、あたしは思わずかすかな笑みを漏らしそうになった。

「五〇七号室の堂本さんのカルテから、過去三回にわたってACE阻害剤の副作用の記載が削除されていた件で、単刀直入に聞きたいことがあるの。二人とも正直に言って。堂本さんのカルテに一番、アクセスしやすい立場にいるのは、あなたたち二人よね。もちろん、他のナースだって手をくわえるチャンスは幾らでもあるけど。だから順番としてあなたたちに一番最初に聞く。後から自分のカルテ記入漏れやミスに気付いたことは？」

「ありません」

セイラは彼女の眼を真っ直ぐ見つめてきっぱりと首を振る。あたしも同じ答えを返した。

「そう」

彼女は溜息をついて肩をすくめる。

「ありがとう。わざわざ呼び止めてごめんなさい」

これで何もかも済んだはず……だった。

XI　涙瀟湘　*Seira Hosho*

甘い濃厚な花の香りが漂うピンク色のジェルを湯に注ぎ、思いっきり両手で泡立てる。見る間にジェルが溶けて、バスタブが淡い虹色の泡でいっぱいになった。やがて髪を高く結わえた裸身のチハルが、バスルームに入ってくる。横たわったあたしを後ろから抱きかかえるように湯に身体を沈め、泡を胸や肩にこすりつける。

あたしが快感の溜息を漏らすと、泡だらけの指を鼻に近づけて香りを吸い込んだ。

「この匂い、なんていうの？」

「イランイラン。ホルモンのバランスや気分が落ち込んだときによく効くの。インドネシアでは結婚した夜、新婚の二人のベッドにこの花を敷くらしいけど、媚薬《びやく》効果もあるんだって」

「セイラって何でも知ってるんだ。ナースをやめて、アロマセラピストになった方がいいのかもね」

あたしたちは泡の中で戯れあっているうちに、少しずつ欲情を感じはじめる。チハルは人形を抱えるようにして、あたしのクリトリスをゆっくりと二本の指でさすりはじめた。暖かな湯の中で下半身がねっとりと溶けていくような快感が、花の香りと共に全身を包み込む。二人でお風呂に入ると、いつも必ずどちらからともなく愛撫しあい、気がつくとそのままベッドに倒れ込んでしまう。

チハルとのメイクラブには異性とのセックスのような野性の荒々しさはないが、もっと細胞の奥から癒されるような満足感を味わえた。

その日も、あたしたちは濡れた身体を拭きもせず、雫を垂らしたまま寝室に入る。鏡に映ったあたしの身体は、アロマオイルの香りを残して艶やかに光っている。

チハルがあたしの太股《ふともも》の付け根に舌を差し入れると、そこはまるで熱帯の食虫花のように激しく蠕動《ぜんどう》する。彼女はゆっくりと両手で感触を楽しむように、あたしのヒップを撫でながら言った。

「セイラの身体は全部、抱かれるためにできてる。こんなにきれいな曲線、愛してあげなかったら、天罰が下りそう」

チハルはキャビネットの引き出しからお気に入りの透明なヴァイブを出し、舌で先端を湿らせる。足を大きく開かせようとした時、あたしは彼女の両腕を掴んで身体をゆっくりと胸の上に抱き寄せた。

「ねえ、あたしの我儘を聞いてくれる？」

「何でも」

あたしは彼女にキスをしながら微笑んでみせ、少し幼く甘えるような声で言った。

「あたし、病院で嫌な目にあってるの」

「嫌な目？　どういうこと？」

「あたしにしつこくストーカーしてる患者がいるの。何かの方法であなたとのことを知ったらしくて、自分と関係を持たないと病院中にばらすって脅されてる」

「誰？」

チハルは怒りに唇を噛み締めながら問い返す。

「時々、患者からのセクハラが問題になることはあるけど、そこまで悪質なのは初めて」

あたしはほんの少しためらってみせてから、低い声で答える。

「五〇七号室の堂本さん」

「堂本……堂本維吹紀？　まさか。彼は弁護士だし、セイラに本気なんだと思ってたけど……」

「何度も交際を申し込まれて断ってたら、だんだん逆ギレしてきて……。検診の度にそう脅すようになったの。たぶん、あたしたちのことが病院で噂されてて、それを聞きつけたんだと思うけど」

チハルはショックを受けたように、眉根を寄せる。ナースの間で同性愛の噂が広まったら、ただでさえ同僚に余り好かれていない彼女は、もっと陰湿なイジメを受けるようになるだろう。だが、彼女のそんなポジションが、あたしのシナリオには逆に都合が良かったのだが。

「それで、どうなったの？」

「あたしはどうなってもいいけど、チハルにまで迷惑を掛けたくないから一人で悩んでた。でも先月、夜中の巡回で強引に押し倒してきて……。耐えられなくなって、あいつさえこの病院からいなくなればすべてが元通りになると、発作的にカルテを」

「副作用の書き込みを消した？」

あたしは眼を伏せて無言のまま頷く。

彼女は呆然と眼を見開いてあたしを見つめる。ナースとしてもっとも許されない禁忌を犯したのが、恋人のあたしだったなんて、信じられないに違いない。だがそれ以上に、彼女のあたしへの想いは強いはずだと確信がある。

その賭《か》けは見事に「勝ち」だった。彼女はあたしを抱きしめ、優しく髪を撫でる。

「ごめん。もっと早く気付いてあげられれば。大丈夫。あたしが何とかしてあげるから」

「あたしは彼が憎いの。レイプされそうになっても黙っていなくちゃならないなんて。チハル、あたしを手伝って」

あたしの真剣な声に彼女は一瞬無言でためらい、それから小さく頷いた。

高く澄みきったヘヴンズブルーの空に、南大西洋の島々のような小さな雲のアイランドが点在している。渡り鳥が雁行《がんこう》陣を作って南に飛んでいき、銀杏の高い枝から落ちかけた葉が、ほんのかすかな風にくるくると回り続けている。もう秋の入り口なのに、夏が気まぐれに戻ってきたような日。

降り注ぐ陽射しを頬に浴びながら、中庭のベンチでイブキが若い女性の隣に座って、親しげに話している。相手はこの間、資料を持ってきた事務所の女性、ツナミサエコだ。ボディ・ドレッシングのシルクスーツを着た彼女は、この前よりさらに洗練された雰囲気に変わっていた。

渡り廊下を通りかかって彼らの姿に気づいたあたしは、柱の物陰にさりげなく身を寄せてカルテを調べているふりをしながら、窓から漏れてくる彼らの会話に耳を澄ます。

「会社でこき使われてるのに、ぼくにまで気を遣ってもらって悪いな」

「ううん、仕事が忙しいのは、毎月の締めの前の一週間だけ。あっ、これ、坂口さんから……」

サエコの口調がふいに改まり、彼女がバッグから一通の封筒を取り出してイブキに渡すのが見える。

「これを直接、手渡してくれって」

「アキヒトから？」

彼はサエコから受け取った封書を無言で読んでいる。しばらくして顔を上げたイブキは深く重い溜息をついて放心している。あの手紙に何が書かれているのか知りたい。

不吉な予感があたしの胸を過《よぎ》った。

「何か悪い知らせだった？」

サエコが遠慮がちにたずねる。

「どうして？」

「読んでいる時、顔が真っ青だったたし、何かすごく苦しんでるみたいだったから。余計なことだったらごめんなさい」

「いや、あいつはぼくの頭が狂ってると思ってるんだ。だから正気に戻そうと必死なのさ。なのに、ぼくはそれを受けつけられない」

「それ……恋愛について？」

そう言ってイブキを見つめるサエコの怖いほど真剣な横顔が、あたしにも見て取れた。

「別にいいの。堂本さんに好きな人がいても。今までは、あたしなんか女として魅力がないんだ、堂本さんに異性として興味を持たれるはずないって、コンプレックスに縛られて何も言えなかった。でも、逃げてるだけじゃ駄目だって気付いたの。あたしは二年前、あの事務所に入ったときから、ずっと向かいの席に座ってるあなたを好きだった。資料集めに没頭して、何日も徹夜で泊まり込んでたことがあったでしょ？朝、あたしが出勤してみると、堂本さんは資料の山に埋もれて机に突っ伏して熟睡してたの。寝顔がまるで小さな子供みたいで、思わず頬に触ってた」

彼女はそのときの光景を思い出したのか、一瞬、俯いて優しい笑顔を浮かべる。

「そのとき、思った。ずっとこの人のそばにいたい。仕事で辛いことにぶつかったり、うまくいかなくて悩んでいるとき、全部受け止めて前に進めるように励ましてあげられたらほんとに幸せだって。それだけ。NGなら忘れて欲しい。これまで通りで大丈夫だから」

サエコはそう言うと立ち上がって頭を下げ、バッグを摑む。その眼にかすかな涙が光っているように見えた。

「それじゃ、今日はもう帰ります。早く良くなって」

サエコが帰っていった後、イブキは暫く呆然と彼女の後ろ姿を見詰めていた。

それから手紙をもう一度読み直し、ライターで手紙に火をつけてレンガの上で焼き、灰を足で蹴散《けち》らして、向こう側のエレベーターホールに戻っていく。

あたしは彼の姿が見えなくなるのを待ってから中庭に出て、散らばった黒い灰の中から、まだ完全に焦げていない手紙の小さな破片を数枚、見つけ出す。最後の一枚に決定的な文字があった。

「……生聖良による……致死……」

深夜すぎの病院は凍りついた重い時の氷河に覆われ、ほんの小さな物音でさえ、たわんだ金属質の反響音を響かせる。患者たちのまどろみから抜け出した夢が、その奥に絶えず少しずつ流れ込み、静謐《せいひつ》の闇に無音のリズムを刻んでいた。

あたしは足音を忍ばせて、一歩ずつゆっくりと踏みしめながら、通路の端にある付き添い家族用の宿泊室に辿り着く。キッチンとテレビ、簡易ベッドしかない部屋だが、ここに泊まる付き添いは殆どいない。中から鍵がかかるので、どうしても他人に邪魔されたくないときは便利だ。

ベッドに座り物思いに耽《ふけ》っていると、やがてイブキが静かにドアを開ける。

彼の顔色はいつもより青ざめ沈み込んでいるように見えた。あたしはドアの鍵が閉まっているのを確認して、彼の指を握り締める。

「顔色が悪い。心臓の痛みは？」

イブキは力なく微笑を浮かべ、首を横に振る。

「大丈夫。君の顔を見ると楽になる。二人きりになれたのは三日ぶりだ」

彼はあたしをベッドに座らせ、顔を真剣に見つめる。

「何かあったの？」

あたしは大きく眼を見開いてたずねる。今日の坂口からの手紙で、彼は何か重大なことを決心したに違いない。あたしはゲームを早く終わらせなかったことを悔いていた。彼はあたしを責め、告発するつもりなのか。イブキの結論を聞くのがひどく怖かった。それ次第で、強制的にゲームをリセットする事態に追い込まれるかもしれない。

「いや……君にどうしても言っておきたいことがあるんだ。少し引き止めてもいい？」

「五分だけ」

あたしは彼の胸に身体をもたせかけ、子供のように強く抱きつく。

「ほんの少しの時間でも、あなたを近くに感じてたいの。話して」

イブキは激しい感情と本能のせめぎあう衝動を抑えつけているかのように、震える指先であたしの髪を撫でる。

「ぼくは君の過去や、私生活について何も知らない。どこで生まれ、どんな家庭で育ってきたのか。誰と恋をし、何に怒りや悲しみを覚えてきたのか。そして今、君がどんな風に生きようとしているのか。ぼくたちにはもっと話しあってお互いを知る時間が必要だ。でもたとえ君がどんな重い影を背負っていようと、ぼくの気持ちは決して変わらない。それを、信じられる？」

あたしは彼を見上げ、小さく頷く。

「それなら約束してくれ。ぼくが退院する時、君もここを辞めて新しい生活をするんだ。過去は何もかも捨てて、どこか東京を遠く離れた場所でゼロからやり直そう」

「それは……どういうこと？」

自分自身の低い声が、夜の果てから静かに響いてくる。

「あなたはあたしの過去の何を知ってるの？」

イブキは暫くためらってから、首を横に振る。

「何も知らない。知りたくもない。ぼくにとっての君は、この眼の前にいる優しい人だけだ」

あたしは答えにつまり、必死に適切な言葉を探し出そうとする。だが、何も出てこない。彼の言葉はそれほどあたしにとって予想外のものだった。すべてを知っているくせに、なぜ彼はあたしに疑惑をぶつけない？　なぜ他の男関係をなじろうとしない？

「何も言わなくていい。君が好きだ」

彼は儚い虹の塔を見守るように息をひそめて、あたしの眼を見つめている。

少しでも身動きしたらこの壊れやすい瞬間が、するりと身をかわして逃げていってしまいそうだった。

XII 孔雀 *Ibuki Domoto*

病院の駐車場に止まった黒いセダン。

濃いグレーのスーツを着た男は、腕組みをして助手席のぼくをちらりと盗み見る。

「ですから、我々がこの病院で宝生の立件捜査を始める前に、どうしても転院していただきたいんです。追い詰められた彼女が、衝動的に最悪の手段をとらないとは限らない。理由も動機も謎のままの、彼女の行動を予測することは不可能ですから」

最高裁の検察事務官、塚原《つかはら》がここへ来たのは、アキヒトからの意図的なリークを受けたからだろう。セイラの逮捕に向かって、残りのパズルが嵌めこまれはじめたのだ。

だが、動機が分からず物証も出ないまま、有罪にすることはできない。まだセイラが逃れる道は無数にあるはずだ。

「ご心配いただくのはありがたいけど、転院するつもりはまったくありません」

ぼくは塚原の顔を真っ直ぐに見つめて言う。

「ぼくも弁護士ですし、自分の身に危険が迫ったら、それなりに対処するつもりです。わざわざご足労いただいて申し訳ありませんが」

「そうですか」

彼は慇懃《いんぎん》無礼《ぶれい》な口調で答えると、俯いて煙草に火をつける。

「じゃあ一言だけ、警告しておきます。宝生には長年の恋人がいる。彼は宝生の犯罪に直接は関与していないが、さまざまなやり口を伝授している、半ば共犯的な存在です」

頭の中が一瞬、乱れたテレビ画面のように白い斜線に覆いつくされ、思考が止まる。やがて昨晩のセイラの涙が、何度も繰り返しぼやけた画面に再生された。だが、塚原は残酷なまでに乾いた口調で、最後の銃弾をぼくの心臓に撃ち込む。

「その恋人の名前をお伝えしておいた方がいいと思いましてね。ドウモトカイジ……あなたの義理の弟です」

外資系ファッション店のウィンドーにディスプレイされた、ヒョウ柄のジャケットが、一瞬、得体の知れない魔物に見えてはっとした。

数カ月ぶりに街を歩く筋肉と意識の違和感に、足取りがひどくぎごちなくスローになる。タクシーから降りて浜松町の駅前から竹芝方向へ歩きながら、カイジの住む家を探し始めた。確か海が見える倉庫群の一角にある建物を、改造したと聞いたことがあったが、四年前、カイジが一人暮らしを始めてから一度も行ったことがない。

何度も人にたずね、ようやく倉庫の外壁を真っ青に塗り直した三階建ての建物を見つける。ぼくはシャッターの前にぼんやりと立ちすくみ、侵入者を撥ね付けるような高い窓を見上げる。

ここがカイジと……、そしてセイラの隠れ家なのか。

義理の弟とセイラがもう七年も前から恋人関係を続けていたなんて、そしてそれに少しも気付かなかったなんて、余りに自分が愚かしくて笑いたくなる。

そう、虹の神イリスと夢の神モルフェウスの肖像画から、あの二人を連想したのは偶然ではなかった。

天が与える中で最上の美を纏った女は、自分と同じ輝きを放つ相手に恋をする。カイジなら、誰が見てもセイラの相手として納得するだろう。

それなのに何の輝きも持たない自分は、その虹の神に叶《かな》わぬ恋をした。

想いを遂げられるわけがない。だが、せめてセイラとカイジが本当に愛しあっているのか、確かめてみたかった。カイジは女を唯一無二の存在として、生涯連れそうタイプの男ではない。彼は他人に愛させることは巧みだが、決して自分からは愛を与えないのだ。それとも、セイラだけは例外なのだろうか？　仕事にしか関心がなかった「リーガルマシン」の自分にとっても、彼女が特別な例外だったように。

塚原は彼らの関係を問い詰めることを、固く禁じていた。だが、ぼくは迷った挙句、カイジの携帯に電話をかける。七回目の呼び出し音で少し不機嫌そうな彼が出た。彼は今、自宅で仕事をしていると言った。

「病院を抜け出して、家の前に来てる。開けてくれ」

長い沈黙の後、カイジは疑念に満ちた低い声でたずねる。

「なぜ？　俺に何か緊急の用なら、病院に呼び出せばよかったのに」

「ぼくはもうすぐ死ぬかもしれない。たった一人の弟の家に一度も行かないままじゃ、後悔するからな」

「今、そこに行く」

苛立つほど長い時間の後、シャッターが自動的に開いて黒のタンクトップにシャツを羽織ったカイジが出てくる。ぼくを見るといつものように打ち解けた微笑みを浮かべ、手を振った。仲のいい兄と弟の再会場面には、一番似つかわしい屈託のない顔。

「中に入ってと言いたいところだけど、ずっと掃除をしてなくてまずい状態なんだ。近くのカフェへでも……」

「外じゃダメだ」

ぼくは彼の眼を真っ直ぐに見て、強い口調で言う。

「この家でどんな暮らしをしてるのか、確かめるために来た。家族だからそれぐらい構わないだろう」

彼女がここへ来ている痕跡《こんせき》を見つけて、愚かな夢を捨て、セイラへの諦めをつけよう。そう決心していた。

カイジはほんの一瞬、押し黙り、それから肩をすくめて「どうぞ」と答えた。

広々としたコンクリートがむき出しの一階は、アトリエのように工具や画材が散乱している。カイジが時々、ポスターや壁絵を描いていることは知っていたが作品はまだ見たことがない。壁に立てかけられた異常にリアルなポスターは、誰か見覚えのある女優かモデルの裸体を描いたもので、ＣＧのキャラクターのように無表情な顔をしている。その絵は技術的には巧いが、心を打つ何物もないように思えた。

二階への螺旋《らせん》階段を上ると、メッシュの鉄板を二枚、張り渡しただけの床と天井に鉄パイプが剝《む》き出しの大きなワンルームが現れる。ソファやビデオの置かれたリビングダイニングの向こう側の窓際には、パソコンやスキャナーの並ぶワークコーナーが見えた。住居というより、ベンチャービジネスのオフィスのようだ。

セイラの姿はどこにも見えない。だが、キッチンで彼がコーヒーをいれているとき、ぼくは上の階でかすかな足音のようなものを聞いた気がした。

ぼくはこっそり立ち上がり、階段を上ろうとする。だが、踊り場まで来たとき、後ろからカイジが鋭い声で呼び止めた。

「三階はダメだ。アパートとして他人に貸している。彼がどんな生活をしてるか、一切立ち入らない取り決めになってるから」

ぼくは仕方なく引き返し、ソファに座りなおす。

「病院を抜け出したりして、医者に怒られる。それとも、もう退院まぢかなの？」

カイジは湯気の立つカップを二人の前に置き、煙草に火をつけながら向かいに足を組んで座った。そんなさりげない仕草にさえ、彼は見るものを魅了するような存在の風をたてる技法を知っている。自分の美しさを熟知している人間だけが起こせる透明な風。

「いや、まだだ。だが、そんなに遠い先じゃない」

「職場復帰したら、父さんが喜ぶ。兄さんは父さんの誇りだからね。その点、ぼくは野放しだから気が楽だ。たまに会ってもどこで何をしてるのか、聞こうともしない。一ミリも期待なんかしてないと、顔に書いてある」

「お前の思い過ごしだ」

ぼくは彼をたしなめるように言う。だが、父がカイジのことをどこかで見切っているのは、誰よりもぼくがよく知っている。父と義母の再婚で家に来たあの日から、彼は決して心の中を家族に見せようとしなかった。親やぼくの関心をひくために、いつも嘘と演技と裏切りを繰り返し続け、成長するにつれて彼の存在そのものが「フェイク」と見なされるようになっていったのだ。

やがて周囲の景色が子供の頃住んでいた、裏山の河原に変わっていき、静かなせせらぎの響きが聞こえてくる。鬱蒼と茂る栗や桜の木々の高い梢から金色の木漏《こも》れ陽《び》が、桜の枝に座ったカイジの頰に降り注ぎ、まだあどけない獣神のような横顔をくっきりとふちどっていた。

女の子のような巻き毛を肩まで垂らした彼には、襟に私立A中のバッジが光るネイビーブルーのブレザーがよく似合っている。背だけがひょろりと高く華奢だ。大きすぎる黒々とした眼がノーブルな、だがこちらを探るような光を放って、ぼくに注がれている。

昨日、カイジが中学で自分にラブレターを送ってきた同級生を呼び出し、高校生から金をとってレイプさせた事件が学校に通報され、父親に袋叩きにされ家を追い出された。一晩、行方不明になっていたのを、ぼくが探しにきたのだ。ここにいることは察しがついていた。彼はいつもふっと家を出て行き、この小高い山の頂上にある太い桜の枝に座っていることが何度もあったから。その木の根元には、彼が家に来たとき、一緒に持ってきた黒地に金色の斑《ぶち》がついた蛇の小さな石を積んだ墓がある。

ポールバイソン種の一メートル近い蛇、キルを、カイジはガラスのケージにヒーターを入れ、冷凍のマウスを食べさせて飼育していた。父はキルを嫌い「裏山に放《や》せ」と言い続けたが、カイジはひどく可愛がっていて、旅行も蛇のために行くのを止めるほどだ。ある冬の日、カイジが元気のない蛇に食欲を出させようと生きたハムスターを食べさせる光景を見て、ぼくは生理的なむかつきを覚え、夕食を全部トイレで戻してしまった。

カイジが出かけている隙にこっそりヒーターの電源を切るという、裏工作を続けているうちに、やがてキルは弱って死んだ。カイジは無言で蛇の死体を抱き上げ、裏山に消えた。決して心の底を見せることのなかった彼の眼差しが、その時初めて悔しさと悲しみに潤《うる》むのを見て、ほんの少しだけ胸が痛んだ。

でもそれはほんの一瞬だ。彼は以前よりもっと狡猾に冷たく、ぼくたちを欺くようになったから。

「カイジ、母さんが呼んで来いって。帰らないとまた父さんに殴られるぞ」

彼はフクロウのような低い声で嘲笑いながら、煙草の煙を空に吐き出す。

「弟思いの優しい兄貴の演技は楽しいのか？」

「なんだと？」

ぼくは気色《けしき》ばんで声を荒らげる。カイジは楽しげに頭の上から灰を落とした。

「生徒会の委員長で正義感が強くて親の期待も大きいと、どうでもいい義理の弟でさえ、親身に世話してるフリをしなくちゃならないから辛いな」

「いい加減にしろ」

ぼくがいつになく本気で怒鳴ったのは、カイジの言ったことが百パーセント当たっていたからだ。カイジはぼくを嫌悪し、ぼくは彼を家から追い出したいほどうざったく感じている。だがぼくは自分に課せられた役割を投げ出す勇気がなかった。だからこうして彼を探しにくる。決して愛情からじゃない。むしろカイジが死体で見つかったら、どんなに気が楽だろうと思いながら。

「自分に正直になればいいのに。俺もその方がずっとせいせいする」

喉まで出掛かった言葉を呑みこんで、桜の幹を思い切り蹴飛ばす。

「下らないことを言ってないで、さっさと降りて来い」

「キルの墓を踏むな。そこから下がれ」

ふいに彼の冷たく鋭い声が背中に突き刺さり、ぼくは慌てて一歩退く。

カイジがぼくの脇にひらりと飛び降り、崩れた小石の山を積みなおした。

「二度とここへは来ないでくれ。ここは俺とキルだけの場所だ」

彼の眼差しに燃える冷たい藍色《あいいろ》の炎に、ぼくがキルを殺したことを彼が知っているのだと直観する。その時初めて、自分が取り返しのつかないことをしてしまったのではないかと思った。だが、もうすべては遅い。

ふいに記憶の時空から放り出され、ぼくは眼の前にいる現実のカイジを見つめている。

もしすべてがやり直せるものなら、彼に対してもっと暖かな気持ちを持てただろうか？　いや、この世界にｉｆ《イフ》など存在しない。最初から二人の間には深い川が流れていた。ささやかな日常の積み重ねが、川をさらに深く抉《えぐ》って急流にし、もはや泳いで渡ることは不可能なのだ。

玄関のインターフォンが鳴り響く。カイジは顔をしかめて受話器を耳に当てた。

「家の前の公道に止めてる車が、駐禁切符を切られた。すぐ戻る。ここで待っててくれ」

彼が出て行った隙に、ぼくは素早く階段を上って三階に辿り着く。

そこは薄暗かったが、フロアの中央にぼんやりと大きなプールが見えてくる。水面に映ったライトの真紅が時折大きな波をたてることから、何か生き物がいるに違いないと思った。ふいに水面が大きく跳ね上がり、巨大な魚の銀色のなめらかな肌が闇に輝く。

鮫だ。一メートル近く飛び上がって再びプールに飛び込んだ瞬間、凄《すさ》まじい水音が響き、ぼくの足元まで大量の水飛沫が飛んできた。

その時、ぼくは足元に置かれたビーズつきの女物のサンダルに気付き、かがみこんで手にとってみる。ヒールが金色の細く華奢なもので、スナップのところに青いビーズの花がついている。いつか深夜、セイラと宿泊室で会ったとき、履いてきたものと同じ。病院には不似合いなその華やかさが、強く印象に残っていた。

ぼくは素早くサンダルを元の場所に戻し、階段を駆け下りる。心臓が危険なほどの速さで不規則に波打っている。ジグソーパズルの最後の一ピースが埋まった。

優しい夢は終わった。次に自分が何をすべきか、ぼくにはもう分かっている。

XIII　紫幻城　*Seira Hosho*

満月が熟しすぎた鮮やかなルビーレッドの果汁で膨れ上がり、その重さに耐えかねるかのように、濃紺に沈んだ西の空に大きく傾いている。いつか、こんな月を見たことがある。あたしは新宿南口の雑踏を歩きながら、無意識に幼い頃の記憶を探る。

赤い満月の不気味さに怯えたのは確か……違う。子供の頃、あたしが「お化け屋敷」の窓から見たのは太陽だった。血を吸って巨大化した太陽が、あたしを不安に陥れたのだ。

月や太陽や地球がヴァーミリオン色に染まるのは、きっと星の巡りに大きな変化をきたす予兆。たぶん近いうちに、あたしの運命は変節点を迎えるに違いない。

金曜の夜、パークハイアットの部屋のドアを叩いたのは、約束の時間から一時間半経過した頃だ。グラスの薄まった水割りの色と吸殻の溢《あふ》れそうな灰皿を見て、イジュウインの苛立ちを悟る。彼の精神的な不安定さに火に油をそそぐため、わざと謝りもせず無言でサンダルを脱ぎ捨て、ソファに膝を抱えて座りながら煙草に火をつけた。

「その服、似合ってるよ」

彼が作ってくれた新しい水割りを飲み始めると、彼はようやく怒りを抑えた口調でそう言った。あたしの着ている服は二カ月前、彼が香港土産に二十万円で買ってきたというミュウ・ミュウのものだ。チャイナドレスのように身体にぴったり張り付く、花柄のミニワンピース。デュラスの「ラ・マン」を映画で演じた女優のように、愛くるしくエキゾチックで、しかも清楚に見えるので気に入っている。

でも、イジュウインの言葉の中には私が買ってやったんだ、という暗黙のプレッシャーが含まれていた。そろそろ、この男も潮時だ、と思う。以前は二時間待たせても、会えただけでうれしいと感激していた。今は払った金の分だけ、自分の私有財産として思い通りにしなければ気が済まなくなっている。結婚を口にしたのも、あたしを自分名義の資産として保管したいからだろう。ダイヤモンドや金塊や、土地と同じように。

やがて、彼がかすかになじる口調で切り出す。

「最近、約束の時間に来たためしがないな。私だって他の会合や用件を切り上げてここへ来てるのに」

「あたしは最初のまま変わってない。あなたの忍耐力がなくなってきただけ」

あたしはイジュウインに冷たい視線を向けて立ち上がり、化粧室に入りドアをしめる。バスタブに湯を入れながら、シャワーを浴び、全身を隈《くま》なくカモミール入りのボディローションで泡立てる。そのまま湯につかって全身を伸ばすと、白い泡が一斉に外に零《こぼ》れ落ちていく。あたしはこの瞬間が好きだ。

今頃、イジュウインは静まり返った部屋で、少しずつ不安にかられているだろう。あたしのいた場所から、ベビードールの甘い香りが部屋に漂い始める。少し言いすぎてしまったかもしれない。イジュウインはそう考える。彼女の高いプライドが傷ついて、今夜の逢瀬を台無しにしてしまったのだったら……。

バスタブにつかって三十分が経過する。イジュウインは化粧室のドアをノックして開け、中を覗いた。あたしはぼんやりと放心した表情で彼の顔を見上げる。

「さっきは言いすぎて悪かった。君が病院の仕事で疲れきってることが分かってるのに」

それでもあたしは何かを思い詰めているかのように眼を見開き、無言のまま天井を見詰めている。彼をもっと後悔させ、もっと不安に陥れるために。

「怒らないでくれ。頼むから」

彼はあたしの手をとって浴槽から外に出し、まるで父親のようにバスタオルを身体に巻きつける。それから部屋に戻り、無理矢理ソファに座らせて抱きすくめた。

あたしはためらいながら、苦しげな口調で彼の胸で呟く。

「あたし、あなたとの関係をもう終わりにしたいの」

余りに唐突な言葉に、イジュウインは身じろぎすらできず全身を硬直させる。

「好きな人ができたの。その人にはあなたのこともすべて話してある。彼は過去は何もかも忘れるから、将来を自分に賭けて欲しいって。二人でゼロから始めようって言ってくれた」

「そんな……誰だ？　そいつは誰なんだ？」

イジュウインはその場にしゃがみこみ、高校生のように取り乱して問い詰める。

「あなたに言う必要ない。イジュウインさんにはたくさんお金を使わせたし、大切にしてもらって感謝してる。でも、所詮、あなたには何もかも捨てて、あたしを選ぶ勇気はなかったでしょう？　あなたにとってあたしは、手のかかる高価なペットにすぎなかったのよね」

彼はあたしの胸を抉るような言葉に理性を失って、思わず大声を出していた。

「違う。私は本当に妻と離婚して、君と結婚しようと思っていたんだ。疑うのなら、弁護士のサカマキに聞いてみればいい。財産の半分を失っても、君と一緒になれるならそれでいいと思っていた」

「もし数カ月前にそう言ってくれれば……。あたしは弱いの。自分を丸ごと抱きとめてくれる人に頼っていたい。愛してくれる人にいつも見守られていたい」

「じゃあ、私が見守ってやる。何でも君の望み通りにするよ。二人で住む家を探そう。君の住みたいと言ってた、全部の窓から東京中が見渡せるガラス張りの高層マンションを」

多額の投資をした重要物件を失うかもしれないという恐怖で、彼は少しずつ自分が何を喋っているのか分からなくなっている。あたしは老いを眼の前にした彼のたったひとつの希望の虹だったのだ。もし吸殻のようにあっけなく捨てられたら、イジュウインがどれほど惨めで絶望に打ちひしがれるか想像がつく。関東医大学長、日本心臓外科医学会会長……多くの裏工作と謀略を使って手に入れた地位とプライドが、たった一人の若い女に踏みつけにされるのだから。

その惨めさから救ってあげる代わりに、最後の投資をさせなくてはならない。

「私を捨てないでくれ。とても生きていけない」

あたしはどこか疑うような上目使いで彼を見上げ、優しく囁くように言う。

「じゃあ、二人で外国に住める？」

「えっ？」

「日本はもう嫌。誰も知ってる人がいない遠い所で、一緒に住めたら……。昨日、ネットでマリナ・デル・レイのビーチの直ぐ前に建ってる、素敵な家が売りに出てるのを見つけたの。ベビーピンクの壁が青い空によく似合ってる、小さなお城みたいな家。中はきれいな水色でリビングには本物の暖炉がついてる。ダルメシアン柄のソファと、タイル張りの可愛いカフェテーブルが置いてあるの。寝室やバスルームからも海が庭みたいに見えて、大きなジャグジープールまでついてる。日本なら三億円はしそうなのに、たったの七十万ドルだった」

イジュウインは失望の泥の底から、かすかな希望の糸をたぐって這い登っていく。

あたしがまだ、自分を全面的に見限ったわけではないのだと、救いを見出したのだ。

ふと、壁の姿見に映ったイジュウインの、ぞっとするほど老いを曝け出した姿が眼に入る。長年の疲労と重力に耐えかねて、垂れ下がった瞼と弛《たる》んだ顎や喉。筋力も持久力も失いつつある、弛緩《しかん》した醜い肉体。権威と財力で補塡《ほてん》してはいても、若い男の引き締まった肉体のセクシーさにはかなうはずもない。だから、彼の出せる切り札を最大限に活用するしかないのだ。もし自分の子供じみた夢を叶えて欲しければ……。

「あなたなら、あの家が買える」

「もしその家を買ったら、君は私とそこに住んでくれるのか？」

あたしは彼を探るように、深い眼差しで見つめる。

「それには、アメリカの永住権がいる。グリーンカードの申請は勤続を証明してくれる会社の保証が必要なの。もしどこかの病院で雇ってくれれば」

「ロスのリトルトーキョーで旧友が総合病院をやってる。スタッフや患者は日系人が殆どだ。あそこなら私と君を喜んで迎えてくれるだろう。いや、もちろんフルで働く必要なんかない。特別医療研究スタッフとかの、身分証明書さえ発行してもらえばいいんだ」

「うれしい」

あたしは彼の首にしがみついて、ようやく笑顔を見せた。

「できるだけ早く手続きをしてね」

再び彼の手の中に夢の女神が戻ってくる。イジュウインはあたしを抱きしめながら、これまで押し隠していた心のうちを吐露し始めた。

「関東医大の学長を定年退官するまで、あと半年だ。そうなれば心臓外科医学会会長の座も譲り渡し、名誉教授として余生を送ることになる。君がそばにいてくれなければ、そんな生活には何の魅力もない。それなら今のうちに妻と財産分与して別れ、ロスで一緒に暮らす基盤を作ってしまおう。退職金が出たら二人で向こうに移り住めばいい。総額では死ぬまで働かずに暮らせるぐらいの金にはなるはずだ。物件を見に、ロスへ行こう。身分証明の件も話をつけてくる。だから、君に言い寄ってるその男を、今すぐに切りなさい。今後一切、会うことは許さない」

あたしは真剣な顔で頷き、彼の首筋に唇を這わせながら下半身のジッパーを下ろして、指で硬く勃起しているそれをまさぐりはじめる。突然、眼の前に開けてきたあたしとの未来が、イジュウインを激しく興奮させていた。いつになく荒々しく下着を剝ぎ取って、あたしの上に覆いかぶさってくる。あたしは大きな眼を金星のように見開いて優しく囁く。

「宝物みたいに大切にして。これからもずっと」

痛いほど真っ青な空から、滝のような熱を帯びた光が容赦なく降り注いでくる。ベネチアン・ブルーともターコイズ・ブルーとも違う、地上のすべてのものをハイビジョン映像のようにくっきりと浮かび上がらせるカリフォルニア・ブルーは、一体、誰がパレットで調合したものなのだろう？

あたしはこの強烈なカリフォルニアの陽光が好きだ。東京の空は暗く澱んで、息がつまる。ビーチサイド・ストリートの車窓から見るマリナ・デル・レイのビーチは、ハイソサエティだけに許された会員制の桃源郷のように見えた。エメラルド・グリーンの波が白い砂浜に砕け散り、ビキニにサングラス姿で別荘の住人や観光客が、デッキチェアで日光浴をしている。

金髪に真っ白な肌のアングロサクソン系ばかりで、アジア系や黒人はここでは明確に少数派だった。

白いリムジン型のフォードが、小さな公園のような噴水とプールとガーデンセットのある海に面した庭先に止まる。その奥にはカリフォルニアの太陽が美しく照り映えるピンク色が美しい、コロニアル・スタイルの瀟洒な二階家が建っていた。

ちょうど六〇年代の映画の舞台になったような、巻き髪とサンドレスの美女がよく似合うドールハウスのような家。ブルーのガーデンチェアが置かれたバルコニーから階段を下りていくと、そこはもうすぐ波打ち際だ。

派手な黄色い開襟シャツにサングラスをかけた小柄な不動産屋は、早口に七十万ドルがいかに破格の値段かをまくしたてる。

「この家は、有名なハリウッド女優の別荘でした。ここを売ってサンタフェに新しい物件を買うらしい。こんなビーチの真ん前でロケーションが最高で、しかもデザインがクールな家は、他に見つかりませんよ。今、五人の客が検討中なんで、早めに答えを出してください」

彼はあたしたちをジャグジーつきバスルームに案内する。

日本なら優にリビングダイニングの広さがある、メキシコのブルーやピンクや白の鮮やかなタイルをランダムに張った浴室には、白い陶器製の円形プールのようなバスタブがついていた。洗い場には湯冷ましに座るワイヤーメッシュの椅子とテーブルまでついている。

あたしは子供のように眼を輝かせて、一つ一つの工夫を凝らされたデザインに感嘆する。

イジュウインをせかし一緒に二階に上る。バルコニーからの眺めは素晴らしかった。ビーチサイドの海水浴客たちから、遠く夕陽が沈んでいく水平線まで、印象派の画家の描いた絵のようにパノラマが広がっている。身体にまつわりつく白いレースのドレスを着て、夕陽を浴びながらここに立ったら、「華麗なるギャツビー」の絢爛《けんらん》豪華な世界そのままだ。ここでならデイジーのように存在するだけで、世界の色調と光の強さを変えてしまうゴージャスな女になれる。

あたしにとってそれは、「貴族」の紫色の血を受け継ぐことと同義だ。生活のための労働などしてはいけない。ただ花のように生を享受し、戯れるためだけに日々を過ごすべき女になること。日本でならナースの仕事はあたしの気分にぴったりだった。でもここでは、本来の姿「王女ミライ」になるのだ。

「ここに決めよう」

彼はあたしの顔を見つめながら、微笑して不動産屋に頷く。

「頭金は二十万ドル。来年から住み始める」

「来年じゃない。来月から、今すぐにでもここに住みたいの」

「来月？」

「病院研修スタッフのIDカードもOKが出たし、なぜいけないの？」

不思議そうなあたしにそう問い詰められ、イジュウインは困惑する。まさかこんなに急に話が進むとは思ってもいなかったのだろう。

「大学や医学会の任期がまだ残ってる。途中で放り出すわけには……」

「だめ。今すぐここを買って。でなきゃもう二度とあなたを信用しない。銀行の口座にそれぐらいあるはずよ。奥さんと別れるのなら、資産を自由に使ってもいいでしょう？」

いつになく強く主張するあたしの言葉に、イジュウインの思考は少しずつぐらつきはじめていく。

銀行の預金や株券の総額は多分、一億円近くあるはずだ。広尾にある自宅を売却すれば、一億五千万円にはなるだろう。

「じゃあこうしよう。とりあえず頭金を支払ってここを買う。一旦、日本に帰り、私は妻と別れる手続きをして財産分与をし……」

「あたし、見たの。奥さんが中年の男と二人で、新宿のホテルに入っていくのを。探偵事務所で証拠をつかませて、家裁に離婚申し立てをすれば、最低限の財産分与ですっきり別れられるはずよ」

彼は呆然とあたしを見つめる。妻が不倫しているなんて、思いもよらなかったのだろう。鈍感な男。もちろん自分も浮気をしていたのだから、責める権利なんかない。

「子供たちが巣立ってから、お互い気持ちはとっくの昔に冷え切っていて、ただ惰性で別れずにいただけだ。だが……」

あたしは彼の背後から近づいて、首に両手を回し抱きしめる。

「もう、いいの。新しい生活が始まるのよ。過去は日本に全部捨ててくればいい」

イジュウインはあたしの指先を固く握り締める。これであたしは、彼の切り札をすべて手に入れたのだ。

XIV　緋恋　*Ibuki Domoto*

ひんやりと冷たいアイスグリーンの花びらが、空調の振動で小刻みに震えている。月光の降り注ぐ氷塊の淡い影のようなその蘭の色合いは、花というより翡翠《ひすい》のような宝石を連想させた。

三日前、見舞いに来たツナミサエコがベッドサイドのキャビネットに飾ってくれた花は、うんざりするような病室の澱んだ空気を、少しだけ浄化してくれている。窓から迷い込んできたのか、一匹の羽蟻が花の周囲を執拗に旋回していたが、ぼくは気にも留めなかった。ぼくと同じように、どうせ大して長くはない命なのだ。

もう一週間も安静状態が続いている。

心臓狭窄の症状は少しも改善されないどころか、日増しに悪くなっていく一方のように思えた。医師はぼくが病室を抜け出して歩き回ることを固く禁じ、それに反した場合は生命の保証もしかねると宣告した。

病院全体に何か不穏な厄災を待つような、苛立った神経質な雰囲気が立ち込めている。

一連のカルテ改竄事件を隠蔽するために、厳重な口封じの戒厳令が敷かれているためだとアキヒトが教えてくれた。

彼は今、東京のオフィスに泊まり込んでおり、毎日のように公然と病室を訪れるようになった。その日も、昼すぎに、寝癖のついた頭と皺《しわ》だらけのスーツ姿で、ふらりと顔を見せる。ベッドサイドに座ると、低い声で耳打ちした。

「宝生の起訴はもうまぢかに迫ってる。カルテの改竄が行われた夜、宝生の居場所に関して、同僚ナースの証言が得られれば、警視庁はすぐ逮捕に踏み切る意向だ。過去三件の意図的な医療過誤についても、ほぼ証拠が出揃った」

「だが……動機がない。動機不在のまま検挙するのか？」

「しいていうなら彼女にとっては、人の命をもてあそぶのも遊びなんだ。つまり女王蟻なんだよ。すべての人間は道具であり、純粋な愛情なんてものは一切信じていない。君としては辛いだろう。だが彼女は君の手に負える女じゃない。法の手に委ねられる前に関係を切れ。彼女がカルテを改竄したのは、君の命を徐々に奪うためだということとを忘れるな」

「違う。君は間違ってる。本当のセイラを誰も知らないんだ。動機も摑めないそんな甘い捜査で検挙するなんて、冤罪《えんざい》といわれても仕方ないぞ」

ぼくはベッドから起き上がって、激しい口調でアキヒトに詰め寄る。たえず心臓のあたりに巣食っている重苦しい痛みが、見過ごせないほど強くなったが、今はそんなことに構っている余裕はない。

「落ち着け。君は俺よりはるかに優秀な弁護士なんだ。女の見せ掛けの色気に惑わされる単なる精液の塊とは違う」

アキヒトはぼくをなだめようと、両肩を摑んで囁く。

「一刻も早く、法廷に復帰しろ。宝生聖良というドラッグを遮断して、君をそばで見守っていてくれる、素晴らしい女性がいることに気付いてくれ」

「素晴らしい女性？」

「ツナミサエコだよ。彼女は心から君を想ってる。宝生のように絶世の美貌は持っていなくても、本物の心の暖かさと優しさのある子だ。彼女となら君はきっと幸せになれる」

「勝手に決め付けるな」

彼の友情を感じていながら……いや感じれば感じるほど、今のぼくにはその重みがうっとうしいプレッシャーに感じられる。多分、アキヒトは自分を忘れるほどの、激しい恋に落ちた経験など一度もないのだろう。ぼくにはセイラ以外の女など誰一人眼に入らず、異性としての魅力など感じようもない。確かにツナミサエコはいい子だが、ただそれだけだ。

アキヒトが帰った後、ぼくは強い葛藤に苛《さいな》まれた。

セイラに検察の囲い込みが迫っていると、教えてやりたい。彼女が捕らえられ監獄に入って惨めな生活を強《し》いられるのは、とても耐えられなかった。弁護士としてのモラルと、彼らの手が届かない場所に逃がしたいという欲望が激しくせめぎあい、少しずつぼくを崖《がけ》っぷちに追い詰めていく。

早朝七時、セイラは病院の裏庭にある、鮮やかなグリーンの葉に覆われた銀杏の樹の下に立っていた。空に昇ったばかりの朝陽が木の葉から幾筋も零れ落ち、彼女の髪をアップにしたうなじのほつれ毛を栗色に輝かせている。

白衣の上にベビーピンクのカーディガンを羽織ったセイラは、桜の幹に手をついて、蕾《つぼみ》の開きかけた緋色《ひいろ》のガーベラを眺めている。少し俯き加減の無垢な横顔が、黄金色の後光に縁取られ、聖堂の祭壇に描かれた守護天使のようだ。他の女たちを単なる背景に変えてしまうセイラの際立った美しさの鍵は、そのかすかにグレーがかった不思議な色彩の眼にあった。大きく見開くと、眼球を彩る虹彩がきらきらと陽を受けて宝石のように輝き、エキゾチックで透き通った雰囲気を醸し出す。

ぼくは差し迫った事態に苛立っているにもかかわらず、彼女の姿に胸の奥が熱く疼くのを感じる。最高の美は最高の善なのだ。だからセイラが顔を上げてぼくを見つめる時、自分が人生で諦めたすべての夢、手に入れようともがいても砂のように通りすぎていったものたちが、再び彼女の姿に重なって蘇ってきた。

「急用って何？」

セイラが少し不安げな低い声でたずねる。

「あなたとこんな所にいるのを見つけられたら、ナース長に怒られる」

「よく聞いてくれ。もう時間が余りない」

ぼくは彼女の向かいに立ち、細い身体を抱きしめながら言う。

「君は警察に狙われている。過去に勤めた三つの病院での確信犯的な医療過誤による殺人容疑と、この病院でぼくのカルテを改竄したという嫌疑で。君を有罪にする証拠や証言は、もういつ検挙に踏み切ってもいいほど充分に出揃っているらしい。今は一刻もはやく行方をくらませるしか、司法の追及から逃れる道はないんだ」

セイラの華奢な肩が小刻みに震えはじめる。怯えたその眼には、傷つけられた小動物のような純粋に受動的な恐怖が宿っていた。

「あたしに……殺人の嫌疑？　罪なんか犯してないのに。勤めた三つの病院で起こった事件は全部、偶然に巻き込まれただけ」

「警察は、どんな方法を使っても君を有罪にするつもりだ。今はただ、逃げろとしか言えない。そう忠告することは、弁護士としてのモラルをかなぐり捨てることと同じだけど……」

ふと、セイラの足元に眼が留まる。カイジの家で見た、ビーズ飾りのついた華奢なサンダル。激しい嫉妬が胸倉を強く摑んで揺さぶる。この身体が弟に数え切れないほど抱かれたなんて、とても耐え切れない。ぼくたちが知り合ったときから、彼女はすでにぼくがカイジの兄だと知って黙っていたのだ。ただ、もてあそんでいただけなのか？　二人でぼくをあざ笑っていたのか？

　皮肉な自嘲の笑いがこみ上げてくる。ぼくは彼女から視線を背け、病院の開け放たれた窓を眺めながら、吐き捨てるように言った。

「ぼくは最悪の相手に恋をした。義弟の恋人で、純情な男たちを何人も騙して巧妙に葬りさり、よりによって自分を殺そうとしている女を」

「あなたはあたしを誤解してる」

　セイラは両手を握り締めながら、低くかすれた声で懇願するように言う。

「噂や他人の憶測を信じないで。あなたが見たままのあたしを信じて」

「いつものぼくだったら、どうすると思う？　君がぼくを殺そうとした手口を法廷で証言し、確実に君を有罪にしてるさ。誰だって自分を抹殺しようとした相手を、憎まないわけがない。でも、できないんだ。心の中の何かが……君への恋を壊すなと、嘘でも君の優しさを信じ続けろとぼくを脅迫してる。ぼくは狂ってる。自分で自分が分からない」

　ぼくは桜の幹を拳《こぶし》で何度も殴りつけ、苦しい葛藤の末に出した結論を、無言で見つめているセイラにぶつける。

「どこか警察の追いつけない場所へ逃げてくれ。ぼくは君のことを全部、忘れる」

彼女は無言で背中から両手を回し、ぼくに抱きついて頬を寄せようとする。

「やめろ。芝居なんかもういい」

「芝居じゃない」

セイラが悲しげな口調でぼくをなじるように呟く。

ぼくはなおも彼女を罵《ののし》る言葉を投げつけようと向き直り、冷たい眼で凝視する。

だが、歯を食いしばって俯いた彼女の眼に輝くもの……涙が溢れているのを見た瞬間、以前よりもっと大きな葛藤が荒れ狂い出す。

セイラを傷つけている自分が、たまらなく醜く感じられる。たとえ何年も前から彼女がカイジの恋人だったとしても、それはぼくが責める筋合いのことじゃない。ぼくはただ、希望を携えた光り輝く虹の女神が、きまぐれで振り向いてくれることだけを祈った。そして、それが奇跡的に叶ったのだ。これ以上、何を求める必要がある？彼女の過去まで独占することなんか、できやしないのに。

何もかも捨ててぼくも一緒に逃げたい。弁護士の職も人間関係も捨てて、この心臓が破れて使い物にならなくなるまで、どこまでも一緒に。

「あたしはロスに行きたい。マリナ・デル・レイのビーチのそばの別荘に住むのが、ずっと以前からの夢なの」

「いつか……一緒に住めたら……」

胸の奥底から痛みと共に言葉が流れ出す。

頬を伝う涙を拭いもせず、セイラはぼくの眼をじっと見つめて頷く。


心臓を鉄の万力で挟みつけられているように苦しくて、息ができない。

額や背中に冷や汗が噴出してきて、ぼくはベッドの上で胎児のように丸くなって七転八倒していた。その日の深夜、襲ってきた発作は、これまでとは比較にならないほど激しいものだった。高熱と痛みのために頭が朦朧としていて、ナースコールのボタンを押す力すら残っていない。

黒いマントを被ってひっそりと近づいてくる死神の影が、すぐ眼前に迫っているのを意識の片隅で感じているのに、何も抗う術がないのだ。たった二十七年間の人生を、何一つ志を遂げられず、愛する人を幸せにもできないまま終えていくのだ。虚《むな》しさと悔しさが苦悶と戦う気力を徐々に削《そ》いでいき、やがてぼくは僅《わず》かに残った酸素を肺に送り込もうとする無駄な努力を、沈黙の闇の底へ廃棄していく。

抵抗するから苦しいのだ。

「影」に身を任せてしまえばいい。

このまま眼を固く閉じ、ぶざまに壊れた心臓を永遠に停止させてしまいさえすれば……。

無がやってくる前に瞼の裏に蘇ってきたのは、今朝、セイラの眼に浮かんでいた、小さな涙の滴《したた》りだった。

誰かが闇の河に腰まで水に浸かって、流れに逆らいながら近づいてくる。

濡れて溶けかけた無定形の生物となったぼくは、ゴムのように伸縮しながら水面を滑り落ち、気が遠くなるほど高い崖から降り注ぐナイアガラフォールへと運ばれていく。

滝から落ちたら、木《こ》っ端微塵《ぱみじん》になって砕け散るしかない。あと数十センチで崖っぷちにつくというとき、その誰かの手がぼくを救い上げ岸へと引きずっていく。

岸の上で水分を吸い出され人間の形に戻ったぼくは、ふと救済者の顔を見上げる。

皺の寄った白衣姿のナガセ医師が困惑した表情で、心配そうにぼくを眺めていた。その背後には両手を握り締めて立っているセイラの姿が見える。

半ば無意識に何か喋ろうとしたが、唇が開かない。口には酸素マスクが装着され、強制的に空気が肺の奥へと送り込まれていたのだ。ふと脳細胞がはっきりと覚醒《かくせい》し、自分が死を免れたことを知る。

「よかった。あと数分、手当てが遅かったら間に合わないところだった。たまたま井原ドクターのピンチヒッターで宿直になって、堂本さんのことが気になっていたから様子を見にきてみたら……」

ぼくは声を出せないまま、小さく頷いてみせる。医師は振り向いてセイラに、他の患者の見回りをするようにと指示した。彼女が出て行った後、彼は低い声で囁く。

「堂本さん、二日前、検察当局の方と重大な話をしました。私は主治医としての権限で、明日、あなたには聖ソフィア女子医大に転院していただくことにします。これ以上、この病院で生命の危険に晒すわけにはいかない。彼女の逮捕まで秒読み段階ですが、それまでにあなたが致命的なダメージを負わされないという保証がないのです」

起き上がろうとしたぼくを両手で押し留め、彼は続ける。

「私の考えでは、決定的な証拠を入手するため、検察は彼女を泳がせているんだと思う。あなたをその餌食《えじき》にはできない。ご意向を無視する形になって申し訳ないが、明日の朝一番に、聖ソフィアからの迎えが来ます。ムナカタという腕のいい友人があなたの担当を引き受けてくれましたので、ご安心ください」

彼は一時間ごとに見回りに来ると言い残して、病室を出て行った。

ぼくは呆然と天井を見上げる。明日の朝、聖ソフィア女子医大に移されたら、もうセイラと二度と会う機会はないだろう。チャンスは今晩しかない。

まだ心臓には激しい痛みが残っていたが、そんなことに構っている暇はない。ぼくは酸素マスクを引き剝がし、パジャマからもう何カ月も腕を通していないワイシャツとスーツに着替える。洗面所の水で乱れた髪を整えると、鞄に身の回りの荷物を押し込み、足音を忍ばせて薄暗い廊下に出る。

ナースステーションの窓から中を覗くと、セイラがパソコンに向かっている後ろ姿が見えた。二度、ガラスを拳で叩くと、彼女が気付いて窓を開ける。

「そんな格好で……。病院を逃亡するつもり?」

「君にもぼくにもラストチャンスだ。検察から二人で逃げて、新しい人生を始めるんだ。明日の朝九時、成田空港の北ウィング搭乗ゲートの前で待ってる」

　彼女は深い輝きを宿した瞳でぼくを見つめ、それからゆっくりと頷いた。


　電光掲示板に「15:50　LOS ANGELS　NW　NW002」の文字が、赤く点滅し始める。搭乗ゲート脇の柱にもたれながら、ぼくは上着のポケットに入った二枚のチケットの存在を確かめる。約束の時間から五分過ぎたが、セイラの姿はまだ見えない。最悪の状態で病院を逃げ出してきたツケなのか、心臓のあたりに間歇《かんけつ》的な激しい痛みと動悸を感じる。昨日は成田のホテルに一泊したが、この拷問のおかげで一睡もできなかった。セイラが来たらクリニックに行って強心剤と痛み止めをもらおう。でないと、十時間のフライトに耐えられそうもない。

　ぼくは痛みを忘れようと西海岸のガイドブックを開いたが、何ひとつ頭に入らなかった。九時十分。セイラはまだ来ない。

「瀟洒な別荘とオシャレなレストラン、そしてハイソサエティなセレブが集うパーティー。土地の高いマリナ・デル・レイビーチに別荘を持つことは、ロスの住民たちにとって、成功と富を象徴する憧れの贅沢だ。ちょうど東海岸におけるマイアミのようなもので、彼らはここで悠々自適の余生を楽しむために、定年までにせっせと金をためる。サーフィンやウィンドサーフィンのメッカで、夏には多くの競技大会が行われ……」

マリナ・デル・レイのビーチ風景の写真を見ていたとき、ふいにアクアブルーの海が視界の中で黒一色に変わり、強烈な胸の痛みと呼吸困難に襲われて、ぼくはその場に背中から崩れ落ちる。苦痛のあまり、ぼくは胸をかきむしって、床を転げまわった。駆け寄った警備員がぼくの前に屈《かが》みこみ、ネクタイを緩めながら無線機に「救急車を呼べ」と叫んでいる。

担架に乗せられながら、ぼくは壊れたボイスレコーダーのようにセイラの名前を呼び続けていた。

XV　光驟雨　*Kaiji Domoto*

潮風をいっぱいに受けた身体が、ゴムボールのように円弧を描いて高く跳ね上がった。モーターボートがどんどん加速していくにつれて、パラシュートと一体になった自分が、波の上を時速二百キロで突進する海燕《うみつばめ》になったような錯覚に襲われる。

すぐ後ろのボートに引っ張られている空中のセイラを振り向くと、ゴーグルをかけた笑顔で右手の親指を上に挙げて見せた。

マリブのビーチで、パラシュートジェットスキーをやろうと誘ったのは彼女だ。

彼女は俺以上にスピード狂で、ハイウェイでは必ず二百キロ以上出すし、時には真夜中の路上レースに参加することさえあった。

「物凄いスピードで移動していくときは、自分の重力がゼロになる。ただの光の点みたいになる瞬間が、ぞくぞくするほど好きなの」

それがセイラの口癖だ。

やがてボートが沖に出て、フルスピードで波を乗り越えながら急カーブを切っていく。俺たちは凧《たこ》のように真っ青な空を疾走し、ビーチに群れる赤や黄色のパラソルや波間を水母《くらげ》のように漂う海水浴客たちをはるかな眼下に眺め、鳥人になった優越的な気分を味わう。

風と陽光、速度。その三つさえあれば、俺たちは最高に幸せな気分になれる。

俺は顔を仰け反らせ、カリフォルニアの強烈な太陽をブルーのゴーグル越しに正面から見つめる。皮膚がじりじりとブロンズ色に焦げていく感覚が、たまらなく心地いい。

沖から鯨《くじら》のように巨大な波がうねってくる。波の頂点まで上り詰めたボートが、そのままジャンプで乗り越えた瞬間、俺たちの身体は激しい力で直角に空へ放り出される。

ビーチで昼すぎまで遊んだ後、俺たちは真新しい真っ赤なFDアンフィニRX-7を飛ばして、マリナ・デル・レイに戻った。

俺はレストランのビーチを見渡す窓際の席で、彼女が全身に塗りたくった日焼け止めを落とし、着替えてくるのを待っている。冷えたビールが、潮風に焼かれた喉をクールダウンしながら流れ落ちていく瞬間は、いつも身震いするほど脳細胞が痺《しび》れる。BGMに流れているのは、ブライアン・マックナイトとマライア・キャリーのデュエット「Whenever you call」。セイラがいつか好きだと言っていた曲だ。

やがて、背中が大きく開いたヘルムート・ラングの黄色いベアトップドレスを着て、GUCCIのサングラスを額に上げたセイラが、ガラスのドアを開けて店を横切ってくる。

セイラが通りすぎる両脇の男性客は誰もが賛嘆の眼で、そして女たちは嫉妬と羨望の眼差しで彼女を振り返った。多分、全米中から金持ちの集まるマリナ・デル・レイの、映画女優や監督といった最高のセレブで賑《にぎ》わう有名店「ジョルジオーネ」で、無名の東洋人女性が一番注目を集めるなんてあり得ないことに違いない。彼女がウェイターの引いた俺の向かいの椅子に座ったとき、その関心の波が俺という一点に集中する。

当たり前だ。最高の女を自分のものにしている男は、彼女への賛嘆と羨望をすべて自分の名誉にする権利があるのだから。

俺たちは店にある最も高価なドン・ペリニヨンと生牡蠣《なまがき》、海老とアンディーブのサラダ、それにロブスターソースのリングイネを注文して、無言でグラスを重ねる。

「ショッピング・モールのヴィトン・ショップで、ビキニを買ったの。前から欲しかったビーズで花や蝶の刺繍をしてあるやつ。それにティラノがいなくて淋しいから、ドーベルマンの子犬を飼った。滅多にいない真っ白な子」

ティラノは空輸にコストと時間がかかりすぎるので、こっちに来る前に東京湾に放してきたのだ。今頃、海面に飛び跳ねる巨大な鮫を見つけた釣り人たちは、恐怖で青ざめているだろう。もともと、変人のオーナーが経営しているペットショップで、まだ小さな子供の頃にセイラが買ってきたのを、俺が育ててやったのだ。

俺は彼女の願い事は、大抵叶えてきた。

セイラが俺と表裏一体の似たもの同士だったから。俺たちの考えることは奇妙なほど一致している。世界でこんなに自分に似た女がいるなんて、信じられないぐらいだ。多分、生まれる前は一人の人間だったのだろう。機械の部品のように隙間なく嚙みあっていた俺たちの接合面に、今は邪魔な小石が挟まっている。

堂本維吹紀。

子供の頃から殺したいと思い続けている、正義のヒーロー面《づら》をした最大の邪魔者。いつも腹の中では俺への軽蔑と憎悪で窒息しそうになりながら、偽善的な「いい兄貴」のポーズで俺を苛立たせ、二枚舌で父親に取り入ってきた男。すべてを持っているくせに、何ひとつ与えようとせず、いつも俺を「不用品」の席に追いやってきた。

俺は七年間、毎日のように、奴を闇に葬りさるための完璧な計画を立ててきた。セイラが俺と知り合ってからずっと続けている、狩猟ゲームの犠牲者にすればいい。つまりティラノのプールに活餌《いきえ》を放りこむようなものだ。

セイラは自分に熱を上げた余り、嫉妬や所有欲に猛《たけ》り狂ったこれまでの馬鹿な男たちのように、イブキをあっさり殺しはしなかった。俺が苛立つほど時間をかけ、警察の網が迫ってくる直前まで、彼とゲームを続けることを楽しんでいたのだ。おかげで日本を脱出するのに、腹が立つほど神経を使わなければならなくなった。

それは俺への初めての、そして最大の「裏切り」だ。

その理由は、イブキが親を騙してきたいつもの手で、セイラに愛情と自己犠牲を演出してみせたせいだ。

「俺はどうなってもいい。カイジが幸せなら」

彼は口癖のようにそう言っていた。義父も実の母も、その見せ掛けだけの真っ白な嘘に騙され、イブキは心が美しい優しい子だと感動する。そうやって彼はいつも舞台の主役をかっさらい、俺を自分勝手な冷たいエゴイストに仕立て上げた。だから、俺は彼らの期待に応えて、その通りになってやったのだ。だが、まさかセイラまでが、兄の陳腐で安っぽいヒロイズムに満ちた芝居に騙されるなんて。

俺はワインを飲み干しながら、氷にのせられた牡蠣にレモンを絞っているセイラの愛らしい顔をじっと見つめる。彼女が俺の性欲を激しくかきたてるのはその類《たぐ》い稀な美貌の奥に秘めた、氷柱を彫ったナイフのような反社会的な凶暴さ。そしてひどくアンバランスな子供じみた真っ白い無垢さだ。

彼女は何も考えない。すべての行動は鋭い直観と天才的な閃《ひらめ》きから生まれる。だが俺は何もかも考え抜いて、綿密な計算に基づいて計画を立てる。彼女は純白。俺は漆《しっ》黒《こく》。自分に欠けたものをセイラの中に見出し、それを激しく求めようとする衝動が俺の欲望なのだ。

食事が終わると俺たちは、ロスに来てから手に入れた赤のFDアンフィニRX-7に乗って、世界最大のヨットハーバーを眺めながら湾岸ストリートを南に走る。

俺たちのスイートホーム、美しいピンク色の宮殿に帰るために。

だが、家についてからの彼女の行動は、いつもと微妙に違っていた。

いつもなら食事の後、真っ直ぐ浴室に入って湯が張られたジャグジーバスに浸かるのに、今日は二階のクローゼットに閉じこもっている。数分後にヴィトンの袋を抱え、下りてきた。

「このビキニ、フックが壊れてるの。店へ行って取り替えてくる。車のキーをちょうだい」

俺は不審に思いながら、アンフィニのキーを放り投げた。彼女が玄関を出て車で走り去った後、俺は急いで四五〇ccのオフロードバイクに跨《また》がり、気づかれないように距離をとって後を追いかける。車は街の中心部にあるショッピング・モールを通りすぎ、町外れにある小さな海洋博物館の駐車場で止まる。車を降りたセイラは屋根にイルカとオットセイの大きな人形が飾られたドーム形の建物の中に、早足で入っていく。

なぜ一人でこんな場所に？

怪訝に思いながら窓口で入場チケットを買って、柱の陰に身を潜めながら後に続く。

「Welcome California Sea World !!」と書かれた標識の矢印に向かって、円形の通路を進んでいくと、壁一面の巨大な水槽が現れる。絶えず水が海流のように動いているその中で泳いでいるのは、一メートル以上もあるオオミズダコやティラノそっくりなサメ、マグロ、エイ、イカといった大型生物ばかりだ。右手には恐竜のようなクジラやイルカの骨格標本が並んでいる。だが、セイラは展示物に眼もくれず、ひたすら誰かを探している。

やがて彼女の足が止まり、水槽のシャチを眺めていた人影に背中から抱きついた。男だ。しかも髪が黒く、かすかに見覚えのある革の上着を着ている。多分、日本人。彼が振り向いてセイラを見つめた瞬間、俺の頭の血が急速に引いていき、ぼやけた視界には死海のような冷たく殺伐《さつばつ》とした景色が映る。

その男は余りに見慣れすぎた顔をしていた。イブキ……。あいつは生きていたのだ。日本を出る前の晩、セイラは彼に決定的な副作用のダメージを与える薬剤を投与すると言っていた。俺と落ち合ったとき、彼女が「うまくいった」と言ったので、俺は兄が死んだものと思いこんでいたのだ。

完全な、裏切り？

俺を欺いてイブキをロスに呼び、二人で暮らすつもりだったのか？　そして俺は用済みの廃棄物として、彼女の狩猟ゲームで葬り去られる。自分で書いたシナリオのように、すべてがはっきりと見えてきた。

なぜあいつはいつも俺の人生を先回りして、邪魔ばかりする？

彼の首に両手を巻きつけて、眼を閉じてキスをしているセイラの顔を見つめているうちに、俺は自分が次に成すべきことを知る。


二人が駐車場に戻ってくる。イブキがレンタカーナンバーの白いフォード車に近づいたとき、俺は巨大なキャンピングカーの陰から出て、彼の正面に立った。

「兄さん、久しぶり。意外な場所で会うね。心臓はもう全快？」

イブキは眼を見開いて、薄笑いを浮かべた俺の顔を凝視する。どんなときも冷静沈着で決して感情を表に出さなかったリーガルマシンの兄が、今、亡霊に出会ったかのように青ざめ、呆然と立ち尽くしている。

「デートの最中、申し訳ないんだけど、俺は兄さんに話したいことがあるんだ。ずっと迷ってたんだけど、やっと決心がついた」

セイラが俺の顔を探るように、冷たい眼で盗み見る。

「あたしを尾行してたのね」

「俺はティラノとは違う。お前の都合通りには動かない」

俺は上着のポケットに手を突っ込み、ベレッタM3032トムキャットの冷たい感触を確かめながら、引き金に指をかける。この距離なら頭に一発ぶちこめば、間違いなく即死だ。

すっと彼の横に回り込み、低い声で囁く。

「二人きりで話したいんだ。ここじゃまずい。埠頭の先まで行かないか?」

俺はセイラに車の中で待っていろと言い、兄と一緒に歩きはじめる。ふと盗み見た彼の横顔のこめかみに、かすかな青い血管が浮き出るのを見て、俺は残虐な満足感を覚える。正義のヒーローが、人生で初めて出来の悪い弟に運命を握られてしまったというわけだ。

子供の頃から一番いいものは、全部兄がとった。オヤジの愛情だけじゃない、血の繋がったお袋まで、俺より兄を愛していた。そして今度はセイラ。でもすべてに勝つなんて、できやしない。これでもうすべて終わり。子供の頃から、いつかこの日が来るのをずっと待っていた。

「ぼくを殺すつもりなのか？」

イブキは前を向いたまま、低くかすれた声でたずねる。俺は笑いながら、彼の背中を軽く叩いた。

「血は繋がってないけど、俺は弟だぜ。なぜ、そんな風に考える？」

兄は無言のまま、背後に立ち尽くしているセイラを気にしながら歩き続ける。やがて埠頭の一番先端で立ち止まると、俺は頭の中で目まぐるしく兄を効率的に抹殺する筋書きを書く。

「マリナ・デル・レイはいい所だろ？　でもここはアメリカ中の富豪が集まってて、レストランもホテルもセレブばっかり。兄さんと違って、俺みたいに生まれも育ちも悪い男は居心地が悪いよ」

「世間話はいい。セイラとお前のことは以前から知っていた。でも、ぼくの気持ちは遊びじゃない。どちらを選ぶか、彼女自身に選択してもらうべきだ」

「そうかな？」

俺は皮肉な微笑を浮かべて、ヨットハーバーの先に見える、海に突き出している青く煙った入り江を指差してみせた。

「俺とセイラは幸せにやってるよ。ちゃんとした夫婦みたいにね。あいつの選択はもう決まってるさ。一カ月前からあの突端にある、二階建ての家に住んでるんだ。ほら、見えるだろう。白い三角屋根にピンク色の壁の家」

兄が俺の指差す方向を見るために首を巡らせた瞬間、俺はポケットからベレッタを静かに抜き出し、彼の後頭部に狙いを定める。

さよなら、兄さん。今度こそあんたとすべての関係を断ち切れる。

だが、引き金を引こうとした瞬間、何か硬い金属が俺の首筋に押し当てられていた。

熱く焼け付くような痛みが身体を硬直させ、俺は銃を構え眼を見開いたまま、ゆっくりと死神の腕の中に倒れていく……。

XVI

虹神降臨

Seira Hosho

マリナ・デル・レイからロス空港に向かうPacific Coast Highwayを、時速二百十キロで疾走する。右側にはどこまでもビーチが続き、太平洋の輝く波が水平線からジェットコースターのように滑り落ちてくるのが見える。

ふとバックミラーに眼をやると、一台おいた後ろにロス市警のパトカーがぴったりと追尾しているのが見える。サイレンは鳴らしていない。カイジ殺しであたしを追っているのなら、なぜサイレンを鳴らさないのだろう？　ただの巡回パトカーなのか？

次の瞬間、あたしは自分の愚かさに気付いて愕然《がくぜん》とする。

すぐ後ろを走っている白いセダン。一瞬、後部座席に座っている、前髪が少し薄くなった銀縁の眼鏡の男が、新聞から顔を上げたのが見えた。そいつは確か、日本であたしが住処《すみか》を替える度に周辺に出没していた刑事だ。何が何でもあたしを検挙するために、検察の塚原がロスに差し向けたに違いない。ロス市警と捜査提携をして、別件逮捕をするつもりなのだろう。

だとしたら、彼らは空港に着くと同時にあたしを逮捕するつもり……なのか。

「空港まであと三キロ」の赤い標識を見つめながら、自分の中に動物的な直観が蘇ってくるのを待つ。考えるな。ただ本能の衝動に身を任せろ。

やがてハイウェイのゲートが近づいてきて、周囲の車が速度を落としはじめる。その瞬間、あたしは猛烈なハンドルの切り返しをしながら、対向車の間を縫ってUターンした。加速が抜けきっていないアンフィニを急回転したせいで、あたしの身体は激しい反動で外側に引っ張られ、一瞬、ハンドルを離しそうになりながら必死にこらえた。

けたたましいクラクションを鳴らしたタクシーと、車のわき腹がこすれあい、車がガクンと横滑りする。だが、そんなことに構っている暇はない。反対車線の車を小刻みに車線変更しながら数十台追い抜き、アクセル全開で北上しはじめると、後続の二台は慌てて車を中央分離帯に載せ、Uターンさせるチャンスを狙うのが見えた。が、車はなかなか途切れない。

これで五十キロ近く差を稼いだ。

速度計のメーターが振り切れる寸前までスピードを上げて、ハイウェイをさっき来た方向に戻っていく。マリナ・デル・レイを通り越し、サンタ・バーバラの標識が見えてきた頃、再びパトカーの姿がバックミラーのずっと後方に見え隠れし始める。幾らアンフィニでも、さすがにパトカーは振り切れない。

ハイウェイは空《す》いていて、殆ど急なカーブはない。アンフィニの最大時速は二百八十キロだとカーディーラーが言っていたっけ。あたしは唇を噛み締めて、時速二百キロまでアクセルを踏み込む。警告の電子音が断続的に響き、ハンドルを細かくコントロールする余裕はまったくなくなった。一瞬、バックミラーに映る点のようなパトカーが、車上のライトを点滅し始めたのが見える。ハイウェイを走っている限り、到着地点はジャンクションしかない。無線で他のパトカーを呼び出し、出口を張っている可能性もある。

とにかくこの目立ちすぎるアンフィニでは、追跡の眼をかわせる可能性はゼロに近かった。あたしは祈るような気持ちで、サンタ・バーバラのジャンクションに出る。ゲートの向こうで、警察官が検問しているのが見え、全身が凍りつくような恐怖を覚える。警官が窓ガラスを叩いた瞬間、あたしはアクセルを踏み込み黄色の車止めを吹っ飛ばして、フリーウェイに下りるなだらかな坂を走り抜ける。

市街地をジグザグに走り回り、大きなショッピング・モールの地下駐車場にアンフィニを止めると、そのままワンブロック戻った場所にある市バスのターミナルに走った。そこに止まっていたバスに行き先も見ずに乗りこむと、座っていたメキシコ人の親子連れや、長髪に髭を生やした大柄のフランス人らしいバックパッカーが、怪訝そうにあたしの顔を見る。

息を切らせながら、あたしはバックパッカーの隣に座り、微笑みながら片言の英語で話しかける。

「今晩、どこに泊まるの？」

「船で近くのサンタ・ロサ島に行って、仲間が開くレイヴ・パーティーに参加する。向こうにテントを張って何日か、野宿してくるつもりだ」

「お願い、あたしも連れて行って。お金なら払う」

彼は困惑した顔であたしを眺め、指に嵌めた大きなスカルリングをいじりながら肩をすくめた。

「ご自由に。パーティーは誰でも参加できる」

窓から周囲の様子をうかがい、パトカーの影がないことにほっと胸を撫で下ろす。何が起こっても、警察なんかに捕まるはずはない。なぜならあたしは誰にも首に鎖をつけることを許さずに生きてきた、宝生聖良なのだから。

機体を赤とグレーと白に塗り分けた巨大な怪獣が、ゆっくりと音もなく空に舞い上がっていく。今朝、一番に滑走路を発つ九時五分発のノースウエスト航空ロンドン便だ。

発着ロビーに点滅する、「NEW YORK」「PARIS」や「BERLIN」の赤い文字を眺めながら、あたしはガラス張りのカフェでシンビーノを飲んでいる。サンフランシスコ空港は日本やヨーロッパからの観光客やバックパッカーたち、それにアメリカの隅々から花の都を見にきた団体ツアー客でごった返していた。

スカーフを結んだ白いブラウスと紺のスカートという、エアラインのスタッフと見分けがつかない服を身につけたあたしは、金髪にブリーチした髪を後ろでまとめ、ブルーのコンタクトを入れている。どこに警察が眼を光らせているか分からない。

行く先はまだ決めていなかった。

これまでと同じようにほんの気まぐれで、次の街を選んでしまえばいいのだ。でも、なぜかあたしの視線は「ＴＯＫＹＯ」の文字に何度も留まる。あの日、カイジを撃ってから、イブキと一言も言葉を交わさず、車に乗ってその場を後にした。話す言葉なんか何もなかった。あたしはカイジを犠牲にしてイブキを救ったのだ。「獲物」として二人でいたぶっていた相手を。

言葉なんかなくても、あたしの真意は彼に伝わっている。だからもう、彼とは顔をあわせるわけにはいかないのに、なぜ日本に未練があるのか自分にも理解できない。

ふと視線を感じて顔を上げた。向かいに座っているバーバリーのコートを着た中年ビジネスマンが、コーヒーを飲みながら、注意をひくように微笑みかけてくる。もううんざりするほど見慣れた、男たちの性的欲望を含んだ媚《こび》の視線。あたしは彼に軽く微笑みかけ、それから冷たく無視して、次に電光掲示板で点滅を始めた都市に行こうと決心する。

点滅したのはフィラデルフィア行きの便だ。席を立ちアメリカン航空のチケットカウンターに向かおうとすると、ビジネスマンが立ち上がって声をかけてきた。あたしは新人スチュワーデスのように爽やかな表情で、「急いでいるから」と言って彼の脇を擦り抜けていく。

チケットを買って搭乗手続きをし、ヴィトンのトランクを押してゲートに入る。ふと振り向くと、さっきの男がカウンターからあたしをじっと眺めているのが見えた。

バイバイ。あなたのマドンナはもう、この街ではゲームをしないことに決めたの。

六歳からCMや雑誌のモデルをやっていたから、男があたしに何を望んでいるのか、一瞬で見抜いてそれを弄《もてあそ》ぶことに慣れきっている。明るくて健気《けなげ》で初心《うぶ》な子や、どこか暗さを抱えた孤独な子、それに男を愚弄《ぐろう》する気まぐれで自由奔放な世慣れた子……。男たちは自分の秘めた欲望を形にして差し出してあげると、舌なめずりして食いついてくる。金も、仕事も、優しさも愛情も、面白いほど簡単に手に入った。

でも、どの男も欲しいものが手に入ると、後はたまらなく邪魔になった。なぜなら彼らは見返りに所有を求めはじめるから。あたしはただ、彼らの夢を演じてあげているだけなのに、だれもがそれを現実の宝生聖良だと思いこむ。芝居が終わってからも、女優に役のままでいることを要求する権利なんか誰にもない。

でも、人間は果てしなく貪欲なものだ。

ひとつの夢の扉が開くと、次も、その次も開けたくなる。いつのまにか、大抵の人間はそれが自分の権利だと信じ込む。君はぼくを幸せにすべきだ。君はぼくのプライドを底上げすべきだ。そして君はぼくを愛するべきだ。君は俺のものになるべきだ……。だからあたしは、彼らの貪欲な欲望を遮断するために、一番効果的な方法で別れを告げてきた。幼い頃、あたしが生き延びるための代価として、庭の金色の仏像に小さな命を捧げたのと同じように。男たちに侵入され、あたしを包む金色に輝く繭《まゆ》を食い破られないうちに、相手の魂を抜き取るのだ。

でも、あたしに何も求めなかった男が、二人だけいた。

堂本櫂治《かいじ》と堂本維吹紀。

カイジは徹底的に愛情を信じず、イブキは徹底的に愛情を信じることで、あたしに与えた物の対価を求めなかった。ずっとカイジがあたしの探していた「ククル」だと思っていた。あたしたちは最高に気があい、二人ともすべての人間を騙して、ゲームのように楽しむ才能とセンスを持っていたから。でもイブキと知りあってから、あたしは自由に役柄を演じ分けることが、以前のように楽しく感じられなくなっているのに気付いた。

カイジは義兄のイブキを憎んでいた。だから意図的にあたしの次の標的が、彼になるよう仕向けたのだ。そうすれば最後に彼を待っているのは確実な死。でも彼はあたしの演技ではなく、繭の中の小さなサナギでしかないあたしを求めた。それがたまらなくあたしを不安にさせたせいで、いつもなら一ミリの誤差も起こさない、計画遂行の手順が狂ってしまった。

今も、記憶に生々しく焼きついている。薬剤の副作用で彼にダメージを負わせた翌日、彼があたしに「逃げろ」と言ったとき、あたしにはもう何も演じる役が残っていなかった。生まれて初めて、怯え、困惑し、裸の寒さを感じ、素のままの幼い宝生聖良が剝き出しになった。

イブキがあたしの探していた「ククル」なのか？

この世にたった一人しかいない対の片割れなのだろうか？

そうかもしれない。あたしは生まれて初めて、男を心から愛してしまったのだ。

でも、あたしにとってそれは破滅の始まりだった。

いつからか、あたしは演じることをやめるわけにはいかなくなっていた。なぜなら、演技を全部取り去った心の奥には、覗き込むのも恐ろしいほど深く暗い空虚な穴しかないから。荒れ狂った嵐が吹き抜ける、地獄のような無の世界。

そんなものと向きあって生きるぐらいなら、とっくに自殺をしている。

あたしは見るものを皆、真紅やブルーや透明な鉱物の結晶に変えてしまう異星の王女ミライのはずだった。でも生まれる前はひとつだったククルとようやく巡り会えたとき、あたしはもうミライではない何者かに変容してしまっていたのだ。

きっとあたしはこれからもあたしであり続けるために、誰かの夢を読み取ってそれを演じ続けていくのだろう。本当の宝生聖良はもうとっくに死んでいるのだ。あたしを真剣に愛した最初の男を、病院で殺そうとしたときに。

それでも心の奥底から今も聞こえるミライを探すククルの声が、時々、胸を締め付けるほどあたしをたまらなく孤独にする。

(またひとつになろう。きっとぼくたちはミラクルに戻れる)

もう、駄目なの。あなたを愛すればするだけ、あたしはあなたから離れていく。あなたの片割れに相応しくなくなった自分を、見抜かれないために。

フィラデルフィア行き七一四便の搭乗がアナウンスされる。あたしはジェット機にかけられたタラップを上りながら、輝くターコイズの抜けるような空に映った、忘れられない誰かの横顔を見つめる。眼の奥が熱くひりついているのは、きっとあの高い空があまりに青すぎるから。

あなたはだあれ？／君はだあれ？
あたしはミライ／ぼくはククル
あなたは金髪／君は赤毛
だけどおかしいあなたが笑うと／何か変だな君が怒ると
同じように／同じように
笑いたくなって／身体が弾けて
あなたの後ろに／君のずじょうに
海があって／山がそびえて
小さな罪も／大きな望みも
双子のように／ひとつにまじる
いつのまにか／ふたりでひとつ
きょうからふたりは／空飛ぶミラクル
みんなが指差す／ぼくらの影を

さあ一緒に／歌をうたおう
手と手をつなぎ／肩を組んで
小さな声で／大きな声で……

XVII

青綺想

Ibuki Domoto

事務所の窓から見える薄紫色の空に、真っ直ぐ弾丸が突っ込むように飛行機雲が上昇していく。ぼんやりと消えていくその航跡を眺めているうちに、張り詰めていた何かが、ぼくの中で形を失って崩れ落ちていく。

また夏が巡ってきた。あれからもう三回目の夏。

退院してから今日まで、脇目も振らずに訴訟事件をこなしてきた。事務所から独立し、医療過誤訴訟の専門家として、少しは名前も知られるようになりはじめた。でもぼくが寝る間も惜しんで仕事に打ち込むのは、以前とは別の理由からだ。

愛した女が二度と帰ってこないことへの、果てしない喪失感を埋めるために。少しでも過去を振り返りはじめると、心の根がすっぽりと抜け、絶えず耐え難い痛みが疼いてくることに気付いてしまう。その奥で今も生き生きと息づく、恋する者だけが知っている甘くやるせない衝動にも。何も変わってはいない。ぼくはマリブのあの日以来、忽然《こつぜん》と姿を消した指名手配犯、セイラを今も思い続けているのだ。

（セイラ、君は自分を思い違えている）

ぼくは心の中で彼女に囁きかける。

君は確かに男の望む夢の女を演じてきた。でも、それは君自身が望む夢でもあったのだ。そして、その夢が現実の自分と食い違っていくほど、大きな葛藤を支えきれなくなり、相手か自分かどちらかを消さなければならないほど追い詰められていった。

君はぼくを消すことを選ばなかったね。代わりに眼の前から姿を消すことで、二人の間に生まれた暖かな感情を守ろうとした。たとえ自分勝手な自惚《うぬぼ》れでも、そう信じてる。

でもぼくは、見せかけの夢なんか要《い》らなかった。たとえ決して償えない人の命を危《あや》めた罪を背負っていても、真実が何も見えないほどの真っ白な嘘で人生を塗りかためていても、君にそばにいて欲しかった。

愛情っていうものが心の濁った渦を何もかも飲み込んで、ただ存在そのものを欲する感情に濾過《ろか》してしまうのだと、生まれて初めて知った。君と出会わなければ、きっと人の弱さも輝きも知らないまま、一生を終えていただろう。

帰って来い。ぼくの腕の中に。

それがたったひとつの人生の願い。戻ってくれれば、検察の捜査に追い詰められることになるのだから、本当は逃げ続けてくれることを願うべきなのに。何もかも矛盾していることは、自分でもよく分かっている。そしてぼくの望みが人の道に外れていることも。

人は無数の間違いを犯して、その度に失意と絶望を混沌とした泥沼の中に投げ捨てていく。でも、その泥の底にはいつのまにか、最も美しい感情の結晶が生まれ、白く透明な花を咲かせるようになる。必死に這いずり回って、ようやく泥の底から乳白色の花を見つけたとき、それが人生を賭けて探していたものだと気づくんだ。

人間を動かすのは、法という絶対の正義じゃない。そのちっぽけな結晶の花の輝きだ。ぼくはこれから、泥にまみれながら白い花を探そうと思う。

開け放った窓の隙間から、病院の中庭で最初にセイラと出会ったあの日と同じ、パープルマグノリアのかすかに甘い香りが忍び込んでくる。ぼくの眼は見えないものを探して、桜並木の続く通りを虚ろに彷徨《さまよ》いはじめる。

永遠にも似た長い時が一瞬の間に流れ、俯いた彼女が通りの向こうからゆっくりと歩いてくる、亡霊のように輝く白いワンピースを着た姿を見た。幻覚なのか現実なのかも分からないまま呆然と立ち上がると、セイラは顔を巡らせてぼくを見つけ、喜びに顔を輝かせながら小さく右手を振る。

降り注ぐ陽光に照らされ、地上のすべての煌きを明るい虹色の眼に宿して。

Epilogue　花妖譚

翌年、紫陽花《あじさい》は、いつもの年より早く、大輪の花をつけはじめた。

指名手配されていた宝生聖良が逮捕されたのは、早朝、自宅付近の純白や赤紫の紫陽花の植え込みに、放心状態で座り込んでいたときだ。

朝陽をうけて、鮮やかに咲き誇る花に埋もれた聖良は、紫陽花の花びらと同じモーヴ色の口紅をつけ、無力な幼女のように微笑んでいた。

最高裁は彼女に「医療従事者として最悪の罪を犯した」と、死刑を求刑。

幾度目かに巡ってきたある冬の朝、聖良は電気椅子の上で短い生涯を閉じる。

彼女の独房の壁には、処刑前、特別に許された化粧用の口紅で描いた、一組の手を繋いだ幼い少年と少女の稚拙な絵が残っている。

その下にはモーヴ色の筆跡で、こう走り書きされていた。

「I belive in Miracle」

解説

押切もえ

この解説の依頼が届いたのは、物語を読み終えた数日後のことだった。ちょうど紫陽花《あじさい》が咲き始める季節の中、『Miracle』は私の心にその世界観を強く残していた。が、しかし！　文章を書くことを仕事としていない私が、桜井亜美サンの解説を書かせていただくことになるなんて……。

どうかこの解説（?）が皆さんの『Miracle』の印象を壊してしまいませんように……。

主人公のセイラはずっと〝奇跡〟を待っていた。愛なんてとても信じられない環境で生きてきたセイラ。それでも、その世界から自分を救ってくれるめぐり合いを待っていた。この物語は、人になるより前の、命が生まれる瞬間から始まる。そう、きっと人は、この世に生を享《う》ける前からその使命が決まっている。そして、その人を幸せに導く運命の人も。

セイラは、誰かとひとつになることで初めて自分が完成される、と信じていた。幼い頃から充分な愛情を与えられず、常に人の心の裏側にある欲を見て育った彼女。その中で信じた、運命の人との出会い。そんなセイラの素顔はひたむきでピュアにも見える。

とくに今、女性が強くなり、自立して生きていくことが珍しくなくなった社会で、運命の誰か＝〝奇跡〟を待つセイラの姿はとても儚《はかな》く、そして美しく私の瞳《ひとみ》に映った。たとえ人の心を弄《もてあそ》ぶ悪魔のような主人公でも、私がセイラに魅《ひ》かれた理由はそこにある。

自分の人生に１００％満足している人間は少ない。多くの人が少なからず、もっと満たされたいという願望を持ちながら生きている。不満を抱《かか》えている、といってもいいかもしれない。そして自分に欠けた何かを探していて、それを手に入れることこそが自分の幸せだと思っているのだ。

物語の中のチハルやイジュウインも、そんな思いを抱えていた。チハルは女としての価値を、イジュウインは失ってしまった若さを、絶対の美を備えたセイラの中に求めた。もともとは二人とも、それぞれ違うことで壁に突き当たっていた。生きているだけで抱えてしまう失望。ちょうどそんな絶望感を覚えていた頃、セイラが現れた。未《いま》だ出会ったこともないほどの美しさを持った彼女が、まるで神のように特別な才能を秘めているように見えたのかもしれない。今まで彼女に溺《おぼ》れてきた人々もきっと、そんな期待をしたのだろう。セイラは自分たちが抱えるような問題とはまるで無縁だと。そして夢で見るようなふるまいも、未知なる幸福を与えてくれるだろう、と。

逃げたくなるような現実の中で、誰だってどこかに救いを求めたい。イジュウインやチハルのように、自分の「これから」が見えなくなっているときなら余計に。そうしないと、完全に壊れてしまうから。セイラはそんな人たちの夢を演じ、彼らを救った。自分の理想とする部分をすべて備えた人間が自分を愛する。それは、今まで否定していた自分を受け入れることを可能にするのかもしれない。でもそれは、セイラ自身を愛していることにはならない。

「愛ってなんだろう」

十代の頃、よく口にしていた。生まれてはじめて心の底から誰かを好きになったとき、そして相手からも同じように想ってもらったとき、私たちはなんとかその感情を言葉に表そうとしていた。「恋」よりも重く、「好き」をはるかに超えた気持ち。どれほどに考えても「愛」という言葉しか見つからなかった。でも、十代だった私たちは、愛なんて言葉を子供がたやすく使っていいのかと躊躇《ちゅうちょ》した。じゃあ愛ってなんだろう？　恋となにが違うんだろう？　二人で頭をひねって考えて、あるとき彼が言った。

「恋は相手に何かしてもらいたいっていう気持ち、愛は人に何かしてあげたいっていう気持ち」

その通りだと思った。そしてやっぱりこれは愛だ、と思い嬉《うれ》しくなった。今でも私はそう考えている。

以前、どこかで「盲目にならなければ恋ではない」という言葉を聞いたことがある。恋に落ちて、周りが何も見えなくなる、最高に厄介《やっかい》で、最高にハッピーなあのとき。まだ相手のことを深く知らない分、自分の気持ちが最優先。大切なのは恋を実らせること、相手に「好かれたい」という自分の気持ち。でもそれが発展して、二人の距離が縮まって、自分のこと以上に相手の喜びを願えたとき、その気持ちをはじめて愛と呼べるんだと思う。

誰もがセイラのその美貌《びぼう》の前で、盲目状態だったのだろう。その完璧《かんぺき》な美しさにとらわれるあまり、その心の扉の中にある孤独まで酌みとろうとしなかった。セイラが心を開けなくなるのも無理はない。確かに彼女は、与えられた役割を上手に演じていたのかもしれない。ずっと彼らが、自分に夢中でい続けられるように。そして相手を安心させないようにもしていた。でも結局、それが相手の所有欲をかきたてることになった。セイラは所有を求められることをいやがっていた。けれど、孤独な心のどこかで、一人でいるよりは誰かに追い求められていた方が心地好《よ》かったのかもしれない。セイラは王女なのだから。

「美は唯一無二の才能」だとイジュウインは言った。だが、皮肉にも、その完成された美しさは一度だってセイラを幸福にはしなかった。彼女は自分の美しい容姿、それに心奪われる者たちを否定していた。他人に合わせて演じ分けてきた宝生聖良像も。人間の外見は充分にその内面を表すというのに。いくら違う何かを演じたとしても、その姿をひっくるめたすべてが自分だといえるのに。そのときの優しさとか人への奉仕の気持ちだって、もしかしたら心から閉じ込めきれずに溢《あふ》れてしまったものかもしれないのに。全部、彼女は否定してしまった。その潔癖さはセイラの本心のピュアな部分からくるもの。セイラは、他人よりもまず自分を愛することができなかったのだ。今まで彼女に愛を求めてきた、自分に自信をなくした人たちの何倍もずっと。

イブキと初めて言葉を交わしたとき、どこかで会ったような気がする、とセイラは言った。「夢の中かな」とも。いつも通りの彼女の発言とも取れるけど、もしかしたら本心から出たのかな、なんて思ったりする。運命は二人にサインを送っていたのだ。はじめはゲームの標的にされたイブキが哀れで仕方なかった。けれどイブキの真っ直ぐな思いが強くなるにつれて、その気持ちはいつのまにか変わっていった。そしてイブキの曇りのない心がセイラの凍りついた心を溶かしたとき、私の願いも叶《かな》った気がした。彼は奇跡を起こしたのだ。

いつだって人の心を動かすものは人の心だと思う。たとえ自分の未来にほんの少しの可能性しか見出せなくても、信じる気持ちを強く持てばきっと奇跡はやってくる。イブキはセイラを見たとき、すぐにその外見の下の魔性を見つけている。自分の命が狙《ねら》われている事実を知っても、イブキは心の底からセイラを救おうとした。イブキもまた、セイラに出会ってはじめて愛を知り、本当の自分を知ったのだ。

肌のすぐそばまで伝わってくるような街の匂《にお》いや熱、それに花の香り。窓の外を流れる見慣れた街並み、世界中の人々が知っているブランドの服……。たくさんの鮮やかな色で、リアルに彩られたこのストーリーは、現実とフィクションの世界を交錯させる。

だけど思う。セイラのような人間は絶対に実在してほしくない。もし過去に孤独を背負って生きてきた人がいたとしても、幸せを絶対にあきらめないでほしいから。そしていつか運命の人が現れたときに、その人を誰よりも幸せにしてほしいから。この世からセイラを失ったイブキを思うとつらい。だけどセイラの心はやっと重い扉から解放された。本当の自分になることができたのだ。この先に待っている終わりなき償いの旅の前に。

今日も素直に生きていこう、と思った。まさに今、起きるかもしれない、奇跡を手にしたいから。

――モデル

この作品は二〇〇三年七月小社より刊行されたものです。

幻冬舎文庫

●好評既刊
MADE IN HEAVEN Kazemichi
桜井亜美

大事故に遭い身体の大部分を人工物に取り替えられた姫島風道。恋人ジュリにも言えない秘密を抱えた彼には、人工心臓の寿命が尽きるまでにやらなければならないことがあった。

●好評既刊
MADE IN HEAVEN Juri
桜井亜美

科学警察研究所の心理技官・三谷樹里。彼女の恋人カゼミチが、突然姿を消した。彼の気持ちを理解していなかったからか？　自分を責め続ける樹里に更なる残酷な事実が突き付けられる。

●好評既刊
神曲 Welcome to the Trance World
桜井亜美

君のために、僕は悪魔に魂を売った――。瀧宮嵐が本心をさらけ出せるのは、恋人である美虹ただ一人。だが美虹は脳腫瘍を患い、あと数カ月の命。嵐は美虹の運命を変えようと画策するが……。

●好評既刊
fragile
桜井亜美
写真・蜷川実花

就職活動に失敗した燃美は、気分転換に訪れた香港で日本人の少年・涯に出会う。引きこもりだったという彼は、まだ誰も知らない才能を隠し持っていた……。蜷川実花の写真を多数収録。

●好評既刊
Apri＊Kiss
桜井亜美

「あなたのことは何でも知っている」女子高生・游の元に届いたApri＊Kissと名乗る謎の人物からのメール。一体誰が何の為に？　全編がメールの交換によって紡がれるミステリアスな恋の物語。

幻冬舎文庫

●最新刊
砂の狩人（上）（下）
大沢在昌

暴力団組長の子供ばかりを狙った猟奇殺人が発生。捜査を任されたのは、かつて未成年の容疑者を射殺して警察を追われた〈狂犬〉と恐れられる元刑事だった。大沢ハードボイルドの新たなる代表作。

●最新刊
ダメな人のための名言集
唐沢俊一

夏目漱石、マキァベリ、チャーチル、老子から清原和博、マツモトキヨシ、勝新太郎のそっくりさんまで有名無名、古今東西問わずひと味もふた味もちがう、一筋縄ではいかない人たちの名言集。

●最新刊
食のほそみち
酒井順子

本来楽しいはずの「食べる」こと。なのに、家庭でも、レストランでも、デパ地下でも、私たちは日夜、様々な煩悩と戦わなくてはなりません。「食」にまつわる喜怒哀楽から、今が見える名エッセイ。

●最新刊
途中下車
高橋文樹

突然の事故で両親を喪った「ぼく」と妹の理名。心の隙間を埋めるかのように、密やかに寄り添いながら新生活をスタートさせるが——。爽やかで決然たる青春を描いて絶賛を浴びた傑作長編。

●最新刊
かわいいこころ
寺門琢己

イライラ、くよくよ……どうにもコントロール不能になる「自分パターン」を決定づけている5つの臓器タイプを知れば、こころともっと上手につきあえます。人間関係の悩みにも効きます！

Miracle

桜井亜美《さくらいあみ》

平成17年8月5日　初版発行

発行者――見城徹
発行所――株式会社幻冬舎
〒151-0051東京都渋谷区千駄ヶ谷4-9-7
電話　03(5411)6222(営業)
　　　03(5411)6211(編集)
　　振替00120-8-767643
印刷・製本―中央精版印刷株式会社
装丁者――高橋雅之

幻冬舎文庫

ISBN4-344-40683-4　C0193　さ-1-28